세상 모든 곳의 전수미

안보윤

세상 모든 곳의 전수미

안보윤

소설

PIN
053

차례

세상 모든 곳의 전수미   9

작품해설   178
작가의 말   192

PIN

053

세상 모든 곳의 전수미

안보윤

1

내가 서둘러 죽기로 결심한 데는 다 이유가 있
다. 전수미, 그 경우 없는 년한테 이것마저 뺏길 순
없기 때문이다. 고작 1년 먼저 태어났다는 이유로
전수미는 모든 불행과 관심을 독식했다. 내 앞으
론 부스러기 하나 남기지 않았다.

전수미는 전수미. 다른 호칭은 필요 없다. 남들
앞에서 가끔 언니라고 지칭하긴 하지만 그건 정말
가끔이다. 가족 관계가 어떻게 되시나요? 언니가
한 명 있어요. 딱 거기까지다. 내게 가족 구성원을
묻는 사람들은 나와 아무것도 나누지 않은 이들이
므로 대화는 대개 거기서 끝난다. 나는 전수미를

전수미라 부른다. 종종 수미년이라 부르기도 한다. 수미년이 또 사고를 쳤구나. 그런 대사를 늘 입 안에 담고 지냈으니 당연한 일이다.

나는 전수미 때문에 달력 뒷면에 인쇄된 그림처럼 살았다. 백지로 남겨두기 뭣해서 인쇄는 했지만 1년이 다 가도록 누구 하나 뒤집어보지 않는 뒷면 그림 말이다. 달력을 버리기 직전에나 성의 없이 넘겨보다 이내 덮어버리게 되는 조악한 것. 그럼에도 1월에는 해돋이를, 3월에는 벚꽃을, 9월에는 보름달을 채워 넣는 악착같은 마음으로 나는 살았다.

위험에 줄곧 노출된 채 살아온 사람에게만 열리는 감각이 있다. 흡사 짐승처럼 예리하고 돌연한 날것의 감각이다. 거실에 앉아 텔레비전을 보다가 불쑥 오한이 들고 손발이 따끔거리기 시작하면 재빨리 방으로 들어가 문을 잠근다. 골목을 걷다 종아리근육이 꽉 조이고 날개뼈가 지르르 울리면 아무 가게나 들어가 몸을 숨긴다. 나는 줄곧 그런 식으로 나를 구해왔다. 생존해왔다. 가족과 떨어져

ARTIST
YUN SUKNAM

현대문학 X 아티스트 윤석남

〈현대문학 핀 시리즈〉는 아티스트의 영혼이 깃든 표지 작업과 함께 하나의 특별한 예술작품으로 재구성된 독창적인 소설선, 즉 예술 선집이 되었다. 각 소설이 그 작품마다의 독특한 향기와 그윽한 예술적 매혹을 갖게 된 것은 바로 소설과 예술, 이 두 세계의 만남이 이루어낸 영혼의 조화로움 때문일 것이다.

윤석남
1939년 만주에서 태어나 성균관대 영문과를 중퇴하고, 프랫 인스티튜트 1년 과정과 아트 스튜던트 리그 오브 뉴욕을 수료했다. 한국 여성주의 미술을 개척했으며, 회화, 설치, 조각에 이르기까지 자신만의 독자적인 예술세계를 이루었다. 서울, 베니스, 뉴욕, 토리노, 시드니, 상하이 등에서 다수의 개인전과 그룹전을 가졌으며, 영국 테이트갤러리, 서울 88올림픽공원, 과천 국립현대미술관, 호주 퀸즈랜드 아트 갤러리, 일본 후쿠오카미술관 등 국내외 주요 미술 기관에서 작품을 소장하고 있다. 〈이중섭미술상〉〈국무총리상〉〈김세중 조각상〉〈이인성 미술상〉 등을 수상했으며, 〈국민훈장모란장〉을 수훈했다.

혼자 살게 된 이후로는 감각이 반쯤 닫혔다. 대신 곤충의 더듬이처럼 가느다랗고 섬세한 것들이 사방으로 뻗어 나가 주변을 살피곤 했다. 광역대로 열린 감각은 타인의 목소리에서 감지되는 미세한 악의, 교활하게 아주 조금씩만 거칠어지는 행동에 특히 예민했다. 전수미가 전화를 걸어왔을 때 나의 더듬이들은 온몸을 떨며 고통스러워했다. 어서 전화를 끊어! 뭉툭해졌다고 착각해온 나의 감각이 비명처럼 외쳤다.

"여름이 너무 길다."

전수미가 불쑥 말했다.

"오늘은 종일 고무장화를 빨았어."

"고무장화?"

"세제에 담가뒀다 스펀지로 힘껏 문지르는 거야. 말간 물이 나올 때까지 박박. 장화를 빨고 있는데 창고에서 계속계속 장화가 나왔어. 여긴 직원이 여섯 명밖에 없는데 대체 누가 신었던 걸까. 상표도 안 뗀 새것과 물에 담그자마자 바스러지는 낡은 것들이 뒤섞여 있었어. 그거 알아? 썩은 것 옆에 썩은 것을 두면 모두가 함께 썩어."

"……알아."

"오래된 것들은 검은 비닐봉지에 담아 내다 버렸지."

"……."

"도망칠 수 없게 입구를 꽉 묶었어."

전수미가 큼큼 소리를 냈다. 웃는 걸까. 아니면 뭔가를 저지를 작정인 걸까. 미심쩍은 마음에 귀를 기울였으나 더는 아무 소리도 들리지 않았다. 왜 나한테 전화한 거야? 내가 묻자 전수미는 필요해서, 라고 답했다.

"누구랑 이렇게 아무것도 아닌, 하찮은 이야기를 나눴다는 사실이 중요해."

"그게 왜 중요한데?"

"내가 지극히 안정적인 상태였다는 걸 증명해야 하니까."

높낮이가 하나도 없는 목소리로 전수미가 말했다. 또 누군가가 화단에 고수를 키우기 시작해 바람이 불 때마다 겨드랑이 냄새가 난다고도 했다.

"인터넷에서 '자빠진 쥐'를 봤어. 말 그대로 뒤로 나자빠진 쥐 모양 기념품이었지. 자빠진 걸 자빠졌다고 말하는 게 이상한 것도 아닌데 여기선 그렇게 말하면 안 돼. 환자분이 자빠지셨어요, 그러면 빰따귀를 맞아."

전수미가 잠시 뜸을 들이다 말했다.

"너는 그렇게 말해도 돼."

"뭐를?"

"내가 자빠진 걸 자빠졌다고 말해도 된다고. 놀고 자빠졌네. 지랄하고 자빠졌네. 웃기고 자빠졌네."

"그리고?"

"죽어 나자빠졌네."

나는 침묵했다.

"오래된 사람도 장화처럼 몰래 내다 버릴 수 있다면 좋을 텐데."

전수미는 그렇게 말한 뒤 전화를 끊었다.

전수미는 죽어 나자빠질 작정인 걸까. 지극히 안정적이고 이성적인 상태에서 저지른 일 같다고 내가 증언하게 만들려는 걸까. 역시 전화를 받지 말았어야 했는데. 끊어진 전화를 붙들고 나는 전전긍긍했다. 죽음에서조차 들러리라니, 그것조차 뒷면이라니 참을 수가 없었다. 그렇다면 내가 먼저 저질러버리자고 생각했다. 전수미는 뻣뻣한 상복 차림으로 절이나 받으라지. 미심쩍은 눈으로 찾아온 보험사 직원에게 구구절절 변명이나 하면서.

전수미는 이상한 데서 실행력이 있으니까 지금 당장이라도 자기가 일하는 요양원 옥상에서 뛰어내릴지 몰랐다. 옥상처럼 전형적인 공간을 찾아갈 것까지도 없다. 복도 창문을 드륵 열고 뛰어내리면 그만이니까. 시간이 얼마나 있을까. 30분? 한 시간? 나는 서둘러 몸을 씻었다. 머리칼을 바짝 말려 하나로 묶고 속옷과 겉옷을 골랐다. 몸을 옥죄지 않는 깨끗하고 단정한 속옷. 드라이해둔 검은색 원피스는 누군가의 장례식에 가기 위해 급히 산 옷이었는데 칼라가 단정하고 소매 끝이 우아했다. 나는 그것을 부적처럼 농에 넣고 지냈다. 그런데 막상 원피스를 입고 보니 원단이 지나치게 부드러운 게 신경 쓰였다. 구급차로, 응급실로, 영안실로 옮겨지는 동안 함부로 들춰지고 아무렇게나 뒤집힐 텐데. 나는 원피스를 옷장에 도로 집어넣고 셔츠와 바지를 꺼냈다. 앞섶 전체가 단추로 된 검은색 셔츠와 얇고 긴 면바지. 너무 차려입은 것도, 너무 엉성한 것도 아닌 무난한 차림새가 마음에 들었다. 이를 닦고 지저분하게 자란 눈썹을 다듬었지만 손발톱은 깎지 않았다. 어디선가 염을 하는 순서에 시신의 손발톱을 깎아 작은 주머니에 넣는 걸 본 기억이 나서였다.

핸드폰 문자와 카톡을 삭제하고 노트북을 켰다. 화면을 가득 뒤덮고 있는 이력서와 자기소개서, 온갖 증명서들을 쓸어 모아 휴지통에 넣고 삭제했다. 유서는 쓰고 싶지 않았다. 얼마나 지리멸렬한 내용일지 상상만 해도 지겨웠다. '육체노동 중심의 단기 일자리를 전전해온 31세 독신 여성, 신변 비관 끝에 극단적 선택해'. 이런 식으로 시작되는 부고 기사를 나는 수없이 읽었다. 각기 다른 삶이 아니라 하나의 덩어리처럼 느껴지는 죽음들이었다. 그나마 그들과의 차별점이라면 전세 사기로 전 재산을 날린 것과 끔찍한 액수의 대출금과 이자까지 떠안게 된 정도일까.

음식물쓰레기 봉지를 묶어 냉동실에 넣고 나니 더 이상 할 일이 없었다. 나는 전신거울 앞에 섰다. 뭔가 특별한 준비를 마쳤다고 생각했는데 거울에 비친 모습은 평상시의 나였다. 나는 아르바이트를 구하러 갈 때나 편의점, 목욕탕에 갈 때도 대개 이런 모습이었다. 괜히 억울한 마음이 들어 거울을 툭툭 치고 있는데 전화벨이 울렸다.

핸드폰 액정에 엄마, 두 글자가 떠 있었다. 불길했다. 엄마는 어딘가 붕 뜬 목소리로 언니가, 수영아, 네 언니가, 더듬더듬 말했다. 전수미 설마 네가 이것까지. 이를 꽉 무는 순간 엄마가 말했다.

"네 언니가 사람을 죽였대."

수미년 이 씨발것이 진짜.

그러니까 내가 방심한 건 이런 것이었다.

전수미를 여전히 보통의 인간으로, 상식적인 범주에서 생각하고 있었다는 것. 그렇게 당해놓고 아직도, 멍청하게.

*

전수미가 수미년이 된 데는 이유가 있다. 시작은 전수미가 초등학교 4학년, 내가 3학년일 때였다. 반소매 옷을 꺼내 입어야 할 만큼 무덥고 습한 5월이었다. 아무 꽃이나 피고 아무 때나 비가 내려 사람들이 자주 숙덕거렸다. 저 아이들은 미래를 살지 못할 거야. 끓어오르는 지구에서 살아남을 수 있는 건 아무것도 없을걸. 나는 그런 말들을 들으며 학교에 다녔다. 지구가 끓어오르는 건 모르겠고 벌레가 들끓는 것은 알았다. 방역차가 수시로 돌아다니며 하수구와 물웅덩이에 소독약을 뿌려댔다. 납작하게 눌린 태양이 발작하듯 햇빛을 쏟아내고 있었다. 햇빛과 꽃가루, 먼지 알레르기로 코와 뺨이 붉어진 아이들과 알 수 없는 벌레에 쏘이고 물린 아이들로 교실은 아수라장이었다.

야외 활동이 금지된 탓에 아이들은 교실 안에서 축구를 했다. 줄넘기도 하고 야구도 하고 맨바닥에 드러누워 경쟁적으로 팔다리를 버둥거렸다. 나는 아무것도 하지 않았으나 그런 탓에 자꾸 아이들에게 얻어맞았다. 돌아가는 줄넘기에 맞고 축구공과 야구공에도 여러 차례 맞았다. 버둥거리는 아이들 팔다리가 찰싹찰싹 내 허벅지와 종아리를 때렸다. 나는 쉬는 시간마다 숨을 곳을 찾느라 바빴다. 책상 밑에서는 다리를, 책상 위에서는 머리와 등을, 사물함 앞에서는 전신을 공격당했으므로 마지막 선택지는 청소도구함밖에 없었다. 도구함 안에 몸을 웅크리고 있다가 수업종이 울려 엉금엉금 기어 나오면 반 아이 중 누군가가 꼭 그 앞을 지키고 서 있었다. 누군가는 손에 쥔 슬리퍼로 내 이마를 철썩 내리치며 징이요! 하고 외쳤다. 그러면 나는 지이이잉, 하고 울어야 했다. 그래야 내 자리로 돌아갈 수 있었다. 나는 매일 온몸이 땀에 젖은 채 울면서 집으로 돌아왔다.

그날 엄마는 거실에서 훌라후프를 돌리고 있었다. 학교에서 에어컨도 안 틀어주니? 아주 땀에 쫄딱 젖었네. 엄마는 걱정스럽다기보다 재미있어하는 얼굴로 말했다. 이건 땀이 아니라 눈물이라고 내가 답하려는 찰나 전수미가 돌아왔다.

전수미는 단호한 얼굴로 방에 들어가 문을 걸어

잠그더니 물건들을 때려 부수기 시작했다. 무너지고 부서지는 소리가 우르르 꽝꽝 울렸다. 엄마가 놀라 뛰어갔다. 거실에 내팽개쳐진 훌라후프가 저혼자 돌다 풀썩 내려앉았다.

"수미야, 왜 그래? 무슨 일이야?"

엄마가 다급히 방문을 두드렸다. 방문 잠금장치는 문고리 옆에 작고 가느다란 누름쇠가 있는 형태로 허술하기 짝이 없었다. 반대편에서 문고리 옆 작은 구멍에 젓가락만 찔러 넣어도 쉽게 열렸다. 그러나 엄마는 주방에서 젓가락을 가져오는 대신 핸드폰으로 전수미 담임선생에게 전화를 걸었다.

"우리 수미한테 무슨 일이 있었던 건가요?"

선생의 당황한 목소리가 핸드폰 바깥에까지 울렸다.

"아니오, 특별한 일은 없었는데요. 급식도 잘 먹고, 인사도 잘하고 돌아갔습니다."

"지금 우리 수미한테 무슨 일이 일어났는지 아예 모르고 계신단 말씀인가요? 교실에서 애가 어떤지, 아이 마음 상태가 어떤지 하나도 체크가 되지 않는다, 이 말씀이네요? 담임선생님이라는 분이 그런 무책임한 말을, 부끄러운 줄도 모르고 지금 하고 계신 게 맞나요?"

전수미가 침대 밑 서랍장과 낮은 선반들을 때려 부수는 동안 엄마는 선생을 때려 부수는 데 전념했다. 전수미가 무엇을 부수고 있었는지 내가 어떻게 아느냐면, 방문이 열려 있었으니까. 문 두드리는 소리가 사라지자 전수미는 슬그머니 방문을 열어 밖을 살폈다. 나와 눈이 마주친 뒤엔 보란 듯이 물건을 더 부쉈다. 각지고 단단한 것, 부서지는 소리가 요란한 것들만 골라 던졌다. 엄마가 수미야, 하면서 달려오는 소리가 나자 전수미는 도로 방문을 잠갔다.

나는 알았다. 저런 건 우리 반 미개한 애들이 자주 하는 짓이었다. 플라스틱 쓰레기통이나 뒷문을 걷어차서 이목을 끄는 애들, 얇은 스테인리스로 된 식판을 깡깡 두드리거나 필통으로 책상을 내리쳐 모두가 자신을 돌아봐야만 만족하는 멍청이들. 전수미는 책상 위 선반만큼은 건드리지 않았다. 고모가 외국에서 보내준 관람차 모양 오르골과 전수미가 특별히 아끼는 인형들이 자리 잡은 선반이었다. 방 안 모든 것이 가루가 된다 해도 선반 위만은 무사할 게 분명했다.

퇴근해서 돌아온 아빠도 젓가락 같은 건 가져오지 않았다. 전수미의 방문 앞에서 수미야, 수미야, 하고 강아지 어르듯 전수미의 이름만 불렀다. 그즈음 전수미는 소리 나는 것들을 다 때려 부쉈는지 잠잠해져 있었다.

"아빠 여기서 기다릴 테니까 마음 풀리면 나와."

아빠는 애틋한 얼굴로 전수미의 방문을 쓰다듬었다.

"넌 여기서 지키고 있다가 방문 열리면 아빠한테 알려."

아빠가 내게 말했다. 나는 전수미 방 앞에 우두커니 서 있었다. 아빠는 몰랐겠지만 나는 한낮부터 계속, 계속 그곳에 서 있었다. 엄마도 내게 똑같이 일렀으니까.

"새로 다니는 영어학원이 문제인 거 아냐?"

아빠가 확신에 찬 투로 엄마에게 말했다.

"원장한테 전화해봐. 당장."

딸깍, 소리와 함께 방문이 열린 건 한밤중이었다. 내가 알릴 새도 없이 거실로 곧장 걸어 나간 전수미가 엄마에게 물었다.

"저녁 메뉴가 뭐야?"

"카레."

엄마가 멍한 얼굴로 대답했다. 그러더니 조금씩, 표정이 살아나기 시작했다. 불안 속에 욱여넣은 기대와 희망 같은 것이 엄마의 눈가를 스쳐 입언저리에 고였다. 엄마는 빠르게 말을 쏟아냈다. 카레 싫으면 고기를 좀 구워줄까? 아니면 명란 넣고 계란찜이나 말이를 해줄까? 전수미가 우아하게 고개를 흔들며 말했다. 엄마 하고 싶은 대로 해.

전수미가 밥을 먹는 동안 엄마는 쓰레기봉투를 가지고 전수미 방으로 들어가 부서지고 깨진 것들을 치웠다. 아빠는 전수미에게 차갑게 얼린 과일 젤리를 간식으로 내주었다. 바닥에 쪼그려 앉은 엄마가 책상과 침대 아래로 기어든 파편들을 일일이 끄집어냈다. 책상 선반에 놓인 인형들이, 그러니까 부서지기는커녕 약간의 기울어짐도 없는 인형들이 엄마의 정수리를 내려다보고 있었다. 창백하고 윤기 없는 눈빛이 전수미의 것과 꼭 닮아 있었다. 나는 전수미가 젤리를 먹고 있는 식탁 끝으로 가 앉았다. 내내 서 있던 탓에 피곤하고 배가 고팠다.

다음 날 아침에는 크루아상과 샐러드를, 점심에는 고추장 불고기를 넣은 주먹밥을 먹었다. 모두 전수미가 좋아하는 것들이었다. 저녁으로 만두전골을 끓이면서 엄마가 물었다. 수미, 저녁 먹고 엄마랑 얘기 좀 할까? 싫어. 전수미는 단박에 거절했다. 전수미는 식탁 중앙 자리를 꿰차고 앉아 크루아상을 주먹으로 짓이기고 끓고 있는 만두 옆구리를 젓가락으로 쑤셔 전부 터뜨렸다. 엄마와 아빠는 오히려 안도한 얼굴이었다. 어쨌거나 전수미는 방 밖에 있었다. 전수미가 말하고 싶어질 때까지 인내심 있게 기다리기만 하면 될 일이었다. 기이한 평온이 집 안을 감싸자 전수미는 돌연 태도를 바꿨다.

"한 번만 더 물어보면 죽어버릴 거야."

신발주머니를 식탁 위로 내던지며 말한 탓에 엄마와 아빠는 극도로 긴장했다. 전수미는 뒤엎어진 시리얼 볼과 식탁 아래로 줄줄 흘러내리는 우유를 보며 의기양양한 표정을 지었다. 나는 우유로 흠뻑 젖은 앞섶을 닦기 위해 욕실로 들어갔다. 미지근한 비린내를 풍기며 거실로 나오니 엄마도 아빠도 전수미도 보이지 않았다. 나는 옷을 갈아입고 책가방을 멨다. 전수미가 집어 던진 게 내 신발주머니였으므로 나는 전수미의 신발주머니를 들고 학교로 갔다. 희고 깨끗한 전수미의 실내화는 내 발에는 조금 작았다. 나는 신발 뒤꿈치를 구겨 신는 대신 발가락을 최대한 꼬부린 채 걸었다.

엄마와 아빠는 폭죽을 등에 짊어진 사람처럼 작은 기척에도 쉽게 놀랐다. 경악한 표정을 감추기 위해 자주 울상을 지었다. 불안하게 눈을 굴리고 매끼 지나치게 많은 음식을 조리했다.

엄마는 전수미의 가방을 수시로 뒤졌다. 전수미의 SNS를 틈날 때마다 열어보고 노트의 작은 낙서들까지 전부 살폈다. 모든 것이 평범했다. 절단된 신체들의 이미지로 뒤덮인 컴퓨터 파일이나 가만두지 않을 거야, 나를 함부로 대하는 것들은 전부 다 찢어 죽이고 말 거야, 오로지 저주를 퍼붓기 위해 쓰인 문장들, 핏방울이 점점이 떨어진 휴지 뭉

치나 커터 날, 머리카락 뭉텅이, 그 어떤 것도 전수미의 방에는 없었다. 전수미는 단정한 옷차림으로 가볍게 걸어 학교에 갔다가 땀 한 방울 흘리지 않은 얼굴로 집에 돌아와 영어학원 가방을 들고 나갔다. 부드럽게 조리된 고기를 오래 씹어 삼켰고 작은 유리그릇에 체리씨나 수박씨를 얌전히 뱉어두었다.

　말할 게 없는 것뿐 아닐까. 나는 그렇게 의심했다. 전수미는 사실 아무것도 털어놓을 게 없는 거야. 아무 일도 없었으니까.

　그러나 내 말을 들어주는 사람은 아무도 없었다. 나는 체리씨를 거실 한복판에 뱉었다. 맨밥에 케첩을 뿌려 손으로 꾹꾹 뭉쳐 먹었다. 반바지에 겨울용 스웨터를 입고 학교에 갔다가 땀에 쫄딱 젖은 채 집으로 돌아왔다. 너까지 왜 이러니, 정말. 엄마가 나를 거칠게 잡아당겨 스웨터를 벗겼다. 목이 좁고 단단한 짜임의 편물이라 얼굴 여기저기 긁힌 흔적이 남았다.

　"엄마 죽는 꼴 보고 싶어? 너까지 꼭 이래야겠어?"

나는 다시 반소매 옷을 입고 학교에 갔다. 쉬는 시간엔 계단참에 숨어 있거나 선생님들 몰래 출입금지 팻말을 넘어 운동장으로 나갔다. 정수리와 팔뚝이 햇빛에 부글부글 끓도록 내버려두었다. 누군가와 마주치면 이마를 내준 뒤 지이잉, 하고 울었다.

전수미는 안절부절못하는 엄마 아빠를 보며 즐거워했다. 적어도 내 눈에는 그렇게 보였다. 집 안에 짙게 깔린 의심과 불안, 경악과 공포를 다름 아닌 자신이 만들어냈다는 데 만족감을 느끼는 것 같았다. 전수미는 잘 자고 일어난 얼굴로, 아주 약간의 부기도 존재하지 않는 매끈한 눈으로 모든 것을 지켜봤다. 선반 위 인형 같은 얼굴이었다.

엄마와 아빠는 전수미의 태연한 행동에 안도하면서도 불안해했다. 그래서인지 자꾸만 뭔가를 기획했다. 대개 무르고 둥글고 유치한 것들이었다. 가족들이 서로에게 손편지를 써준다든가 원하는 것을 이루어주는 마니또가 되어준다든가 그동안 갖고 싶어 했던 것을 무작위로 사준다든가 하는 것들이었다. 전수미는 무엇을 제시받든 가볍게 응했다. 엄마 아빠가 원하는 대로 갖고 싶은 것과 하고 싶지 않은 일들의 목록을 길게 적어 건넸다.

　—전학 가고 싶어요.

　나는 그렇게 적었다.

　—팔이랑 이마가 아파요.

　나는 그렇게도 적었다.

　나의 마니또가 나를 꽉 끌어안고 팔과 어깨를 둥글게 문질러주었다. 엄마일 때도 아빠일 때도 있었다. 엄마도 도망가고 싶어. 아빠도 머리가 너무 아프다. 지금은 언니가 큰일이잖니. 오늘 하굣길에 언니가 자전거를 다섯 대나 부줬다는 얘기 들었지? 경찰서에 학교에 수리점까지 다니느라 정신이 하나도 없다. 우선 언니부터 해결하고 너는 조금만 뒤에. 우리 수영이는 똑똑하니까 아빠 말 이해하지? 엄마가 믿을 사람은 수영이 너뿐이야. 알지?

　나는 더 이상 아무것도 적지 않았다.

　전수미가 나의 마니또일 때도 있었다. 웬일인지 전수미는 나와 함께 등교했다. 자기 교실로 올라

가지 않고 나를 뒤따라 오더니 내 옆자리에 앉았다. 쟤는 누구야? 교과서로 내 뒤통수를 퍽퍽 치며 말을 거는 남자아이를, 전수미는 물끄러미 쳐다보았다. 내 책상 위로 신발 던지기를 하는 여자아이들도 골똘히 바라보았다. 전수미가 허리를 반듯하게 편 자세 그대로 자리에서 일어났다.

나는 희미한 기대감에 몸을 떨었다. 전수미가 남자아이의 머리채를 잡거나 여자아이들을 걸어 차주지 않을까. 그래도 전수미는 내 언니니까, 방 안의 물건들을 때려 부수던 기세로 저 아이들을 응징해주지 않을까. 그러나 전수미는 엉거주춤 따라 일어난 내 뺨을 힘차게 갈겼다. 그건 그야말로 갈기는 수준이었다. 한 번, 두 번, 세 번, 바람 소리를 내며 뺨을 갈기자 반 아이 중 하나가 전수미를 밀쳤다. 다른 아이가 전수미 앞을 가로막았고 또 다른 아이가 나를 끌어당겼다. 누군가 나를 등 뒤에 숨겨준 것은 처음이었다.

"때리고 싶으면 이 정도는 쳐야지."

전수미가 가볍게 손을 털더니 교실을 나갔다. 뺨이 부어올라 전수미의 뒷모습이 절반밖에 보이지 않았다. 이후 아무도 나를 때리지 않았다. 대신 전수미 놀이가 유행했다. 아이들은 수시로 내게 바짝 붙어 뺨을 갈기는 시늉을 했다. 홍 홍 바람 소리가 일도록 완벽한 스윙을 연습했다. 때리고 싶으면 이 정도는 쳐야지. 나는 비명도 지르지 못하고 매번 주저앉았다.

학교에 불려 갔다 온 뒤로 엄마 아빠는 훈육프로그램을 자주 보았다. 울고 저항하고 종내에는 반드시 무언가를 파괴하는 아이들이 나오는 프로그램이었다. 아이를 키우는 일이 힘들고 끔찍한 건 당연하다는 듯 모든 사례가 최악이었다. 아이들은 대개 괴물같이 날뛰고 눈을 번득이다 유명인이 나와 손을 잡고 어르면 눈물을 뚝뚝 흘리며 말했다. 사실은 나도 그러고 싶지 않았어요. 돈과 시간과 유명인을 투자하면 모든 것이 마법처럼 치유될 거라는 기괴한 믿음을 가지고 엄마와 아빠는 프로그램을 탐닉했다. 유명인의 손길이 아니면 안되었으므로 일반 병원에 진료 예약을 하거나 상담 치료를 시도하진 않았다.

"수미가 저 정도는 아니잖아. 우린 괜찮아."

오로지 그 말을 하기 위해 방송을 보는 것 같기도 했다.

어느 날 유명인은 말했다. 자연과의 교감이 중요해요. 일상에서 벗어나 허심탄회하게 속마음을 이야기해볼 수 있는 특별한 공간, 그런 곳으로 함께 가보시는 겁니다. 엄마와 아빠는 곧바로 캠핑용품들을 사들이기 시작했다. 우리는 주말마다 산으로 들로 강으로 떠났다. 전국의 유명하다는 캠핑장을 찾아다녔다. 전수미는 텐트를 치는 동안 차에서 자다가 밥을 먹으라고 부르면 숯불을 피워 구운 고기와 파인애플을 새까맣게 태워 땅에 묻은 뒤 텐트 안으로 들어가 다시 잤다. 숲으로 가든 강으로 가든 주변은 한 번도 돌아보지 않았다.

엄마와 아빠가 전수미를 지켜보는 데 몰두했으므로 나는 구석에서 마시멜로를 구워 먹거나 혼자 숲길을 걸었다. 바닷가도 강가도 오솔길도 걸었다. 동글동글한 자갈이 깔린 해변에 날이 어두워지도록 누워 있거나 캠핑장 구석에 묶여 있는 흙투성이 개를 오래오래 쓰다듬었다. 좋았다. 나는 계속 이런 곳에 있고 싶었다. 자작나무가 빼곡히 자리한 숲길을 너희들은 걸어본 적 없지. 나는 자작나무 숲을 편백나무 숲을 소나무 숲을 혼자 걸을 거야. 배롱나무 꽃이 자주색이라는 걸 너희는 모르지. 나는 안다. 나는 새까만 잎을 가진 나무의 이름을 알아. 바위 그늘에 있는 축축한 것이 곰팡이가 아닌 이끼라는 것도 안다. 나는 해가 지기 직전 바닷가의 바람이 파도가 밀려오듯 불어닥친다는 것도 알아. 전부 다 안다. 그런 생각만으로 나는 많은 것을 견딜 수 있었다.

그러나 캠핑은 돌연 끝이 났다.

당연하게도 전수미 때문이었다.

전수미는 달궈진 숯을 긴 집게로 집어 텐트에 마구잡이로 구멍을 냈다. 그림을 그리려고 했는지 글자를 쓰려고 했는지 알 수 없었다. 숯을 내동댕이친 탓에 텐트 끝자락에 불이 붙었다. 옆 텐트 사람들이 몰려와 모래를 끼얹어 불을 껐다. 캠핑장에서 10분쯤 떨어진 곳에 위치한 편의점에 다녀오던 엄마와 아빠는 우리 텐트 주변에 사람들이 몰려 있자 허겁지겁 뛰어왔다. 전수미는 구멍 뚫린 텐트 안에서 몸을 활짝 펼친 채 누워 있었다. 엄마가 텐트 안으로 들어가 전수미를 일으켰다. 전수미는 울상이 된 엄마를 보며 잠시 즐거워하더니 처음으로 캠핑장 주변을 산책하기 시작했다. 캠핑장 아래 작은 돌계단을 밟고 내려가 계곡에 발을 담갔다. 사람들의 시선은 아랑곳하지 않았다. 곧 캠핑장 관리자가 우리를 쫓아냈다. 엄마 아빠가 수치스러운 얼굴로 너덜너덜해진 텐트를 걷었다.

그랬다. 돌이켜보면 전수미는 자신을 해치는 일만큼은 단 한 번도 하지 않았다. 수치와 모욕을 견디는 건 항상 주변인들이었고, 평안을 구걸하는 것도 항상 주변인의 몫이었다. 멋대로 사람을 휘둘러 지배력을 확인하는 것, 자신의 영향력을 과시하기 위해 일부러 모든 것을 망쳐버리는 것. 전수미는 엄마 아빠의 불안을 양분 삼아 하루가 다르게 전능해진 셈이었다.

눈과 눈썹 사이, 그 사이에 불행이 쌓여 있다고 타로 보는 여자는 말했다. 타로 보는 여자가 왜 관상을 보면서 점쟁이 같은 말을 하는지 모를 일이었으나 아무튼 그랬다. 엄마와 아빠와 전수미, 그리고 내가 야시장 구경을 간 날이었다. 작고 아기자기한 물건들을 파는 매대 옆에 주황색 천막이 있어 들어갔더니 풍채 좋은 여자가 카드를 펼쳐두고 앉아 있었다. 그냥 나가려고 했으나 전수미가 밀고 들어오는 바람에 그러지 못했다. 전수미 뒤를 따라 엄마 아빠가 들어와 좁은 천막 안에 다섯 명이 옹기종기 모여 있게 되었다.

"질문 하나에 5천 원이에요."

여자가 엄마를 보며 살갑게 말했다. 으레 이런 일의 결정권은 엄마에게 있다는 듯한 태도였다. 엄마는 전수미를 돌아보았다. 전수미가 흥미로운 얼굴로 카드를 들여다보자 안심한 듯 지갑을 꺼냈다. 큰일이네. 타로 보는 여자가 불쑥 말했다. 눈과 눈썹 사이가 너무 멀어. 여자가 전수미의 눈꺼풀을 가리키며 말했다. 여기에 온통, 불행이 쌓여 있어. 엄마는 불쾌해했고 전수미는 재미있어했다.

"그럼 쌍꺼풀 수술을 하면 불행이 적어지나요?"

전수미가 물었다.

"눈을 감으면 안 돼."

여자가 다 섞은 타로 카드를 테이블에 펼치며
충고했다.

"최대한 눈을 크게 떠서 불행을 억눌러야 돼."

전수미는 눈을 크게 뜨고 카드 세 장을 골랐다.
타로 보는 여자는 다시 뽑으라고, 자꾸만 다시 뽑
으라고 말했다. 전수미가 뽑은 카드를 테이블 끝
으로 거칠게 밀쳐냈다. 왜요, 저 카드는 뭔데요. 물
어봐도 여자는 같은 말만 반복했다. 다시 뽑아. 엄
마가 전수미를 일으켜 밖으로 데리고 나갔다. 아
빠도 지체 없이 그 뒤를 따랐다. 나는 주황색 천막
안에 혼자 남겨졌다. 남아 있는 카드 중 세 장을 뽑
았다. 내가 고른 카드를 여자가 뒤집어 보더니 다
른 카드들 속으로 쑥 밀어 넣었다. 카드들이 엉망
으로 뒤섞이다 한순간 차르륵 줄지어 섰다.

"5천 원 있니?"

여자가 내게 물었다.

천막 앞에는 아무도 없었다. 길 건너편에 엄마
와 아빠와 전수미가 서 있었다. 매대에서 무언가
를 고르는지 뒷모습이 분주했다. 엄마가 지갑을
열어 만 원짜리 지폐를 한 장, 또 한 장 꺼냈다. 나

는 야시장 반대편으로 걸어 내려갔다. 작은 횡단
보도를 두 개 건너고 편의점과 복권방을 지났다.
길 옆 아파트 단지가 작은 상가로, 공터와 도로로
변하도록 뒤돌아보지 않았다. 양쪽 길이 영원히
만나지 않으면 좋겠다고 나는 생각했다.

2

"일찍 퇴근들 하시죠."

구 원장의 말에 소란이 나를 돌아본다. 이제 막
빼낸 피딩튜브에서 묽은 유동식이 뚝뚝 떨어지고
있다. 구 원장은 벌써 신발을 벗고 홀 중앙까지 들
어섰다. 가운은 진료실에 벗어두고 왔는지 희미하
게 줄무늬가 들어간 흰 셔츠 차림이다. 몸에 잘 맞
는 바지와 기름한 발을 감싼 양말이 모두 검은색
이다. 단정하고 말끔한 차림새의 구 원장이 센터
로 들어오면 개들이 눈에 띄게 긴장하는 것이 느
껴진다. 외부 자극에 거의 반응이 없는 마루조차
등털을 빳빳이 세우고 앞다리를 떤다. 구 원장은

기저귀 수납장 옆 세면대에서 손가락 사이를 비누로 문질러 꼼꼼히 씻는다. 소란은 벌써 피딩튜브를 갈무리하고 바닥에 흐른 찌꺼기를 닦아내고 있다. 금요일. 지금은 금요일 오후다.

"누굴까요."

옷을 갈아입다 말고 소란이 묻는다. 이것저것으로 얼룩진 활동복을 대충 뭉쳐 쇼핑백에 넣은 뒤 나를 돌아본다. 태풍이 상태가 요즘 많이 안 좋았지. 내가 중얼거리자 납득했다는 듯 고개를 끄덕인다.

"태풍이."

소란이 작게 이름을 부르고,

"태풍이."

내가 이어 부른다.

태풍이는 좋은 개다. 골든 리트리버와 진돗개가 섞였다는데 각 종의 장점만 뽑아 태어났는지 넓적하고 순한 주둥이에 날렵한 몸통을 가졌다. 길게 늘어진 귀에 난 누런 털이 유난히 곱슬곱슬해 귀여웠다. 담요를 덮어주려고 다가가면 기어코 몸을 일으켜 손을 핥아주었다. 구 원장에게 컹컹 짖는 건 태풍이뿐이다. 촉진을 하면서 배와 사타구니께를 집요하게 눌러대는 구 원장에게 컹컹, 제법 이를 드러내며 짖는 태풍이를 보고 역시 진돗개, 했던 기억이 있다. 태풍이는 또 짖을까. 컹컹, 이를 드러낼까.

비좁은 탈의실 안에는 사물함이 세 개 있다. 소란과 내 사물함은 서로 딱 붙어 있어 몸을 움직일 때마다 소란이나 소란의 물건에 몸이 스친다. 소란은 구석 자리에 있는 나를 밀어붙이듯 가로막고 서서 옷을 갈아입는다. 일부러는 아니고 그저 덩치가 큰 탓이다. 소란의 몸은 뜨겁고 손은 차갑다. 뜨끈한 기운이 스치면 소란의 어깨나 엉덩이가 가까이 있나 보다 한다. 차가운 기운이 스치면 소란이 나를 부르는 것이다. 차가운 손이 톡톡, 나를 두드리더니 말한다.

"이번엔 쩡이일지도 몰라요."

"왜?"

"쩡이 보호자가 다음 달 케어비 결제를 할부로 해달라고 했거든요. 12개월."

"쩡이는, 코쩡이는……."

자발 섭식이 가능한데도?라고 나는 말하지 않는다. 그건 소란도 알고 있는 사실이다. 코찡이는 센터에서 가장 건강한 개니까. 수시로 발작을 일으켜 거품을 물지만 구 원장이 주사를 놓아주면 금세 괜찮아진다. 게다 밥 먹는 시간을 정확히 기억하고 있는 건 코찡이뿐이다. 어느 브랜드의 사료든 그릇에 담아주면 와구와구 잘 먹는다. 때론 간식을 더 달라고 투정 부리기도 한다. 발작만 무사히 지나가면 코찡이는 건강하고 즐겁고 혈기 왕성하다. 오늘 코찡이는 비엔나소시지처럼 생긴 똥을 두 번 누고 삑삑이공을 문 채 비틀비틀 우리를 쫓아다니고 부드럽게 으깬 고구마를 20그램이나 먹었다. 물론 발작도 다섯 번쯤 했다. 내가 방금 전까지 한 일은 코찡이 눈가 털을 정리하고 이빨을 닦아주는 것이었는데. 코가 납작한 시츄라 숨쉬기가 쉽지 않을 텐데도 코찡이는 내가 마음껏 송곳니와 어금니를 닦게 해주었다.

"내일 봐요."

소란이 탈의실을 나선다. 열린 문 너머로 구 원장이 보인다. 구 원장은 태풍이와 코찡이 사이에 우뚝 서 있다. 태풍이는 짖지 않고 코찡이도 발작하지 않는다. 구 원장의 뒷모습이 너무 골똘해서 나는 그만 탈의실 문을 닫아버린다.

*

구 원장이 동물병원을 겸한 노견돌봄센터를 연 건 2년 전 일이다. 당시 이 부지엔 대형 애견카페가 있었다. 실외 운동장과 실내 놀이터, 수영장과 미용실을 갖춰 다른 지역 사람들까지 찾아오던 애견카페는 코로나 시기에도 꿋꿋이 버티더니 어느 날 갑자기 망했다. 누군가가 적지 않은 돈을 횡령했거나 더없이 나쁜 방식으로 개가 죽지 않았을까, 나는 생각했다. 반윤리적인 행위와 내부 고발. 잘나가던 업체가 망하는 건 으레 그런 이유들이었으니까.

카페는 철문을 걸어 잠근 채 한참 방치되었다. 동네 사람들에게는 잘된 일이었다. 카페가 유명세를 타면서 동네 사람들은 끊임없는 소음과 주차난에 시달려야 했다. 카페에 온 사람들은 당연하다는 듯 거주지 주차장을 침범하고 빌라 출입구를 막고 상점 앞에 이중 삼중으로 차를 세웠다. 운동장에선 항상 개들이 짖었다. 뿌리, 이리 와! 저걸 물어야지! 옳지, 옳지, 굿 보이! 사람들도 개만큼 우렁찬 소리로 짖었다. 운동장에서는 개들이, 동네에서는 사람들이 최선을 다해 으르렁대며 자기 구역을 지켰다.

카페가 망한 뒤 동네는 빌라와 상점들이 고즈넉하게 낡아가는, 적당히 과거지향적인 모습으로 굳어갔다. 나는 한없이 불안한 심정으로 매일을 보내야 했다. 내가 살고 있는 빌라 2층은 애견카페 운동장과 맞붙어 있어 밤낮으로 시끄러웠다. 특히 주말에는 각종 이벤트와 거듭되는 호루라기 소리까지 더해져 머리가 울릴 지경이었다. 덕분에 나는 보증금도 없이, 터무니없이 싼 집세로 여기 살 수 있었다. 나는 집주인이 애견카페가 망했다는 사실을 알게 될까봐, 그래서 집세를 터무니 있는 가격으로 올릴까봐 두려웠다. 방치되어 있던 애견카페에 포클레인이 들어서는 걸 유심히 살핀 건 그런 이유에서였다. 기피 시설이나 혐오 시설 같은 게 들어오면 좋을 텐데. 나는 기도하는 마음으로 운동장을 파헤치는 포클레인과 건물 내부로 끊임없이 기자재를 나르는 인부들을 지켜보았다.

"뭐가 들어온대요?"

애견카페였다가 버려진 공터였다가 공사장이 된 곳에서 씨근대며 나오는 여자에게 내가 물었다. 여자는 애견카페가 있을 때 사장과 가장 많이 싸웠던 동네 주민이었다. 부녀회장이나 지역협회장이나 동네 반장 같은 건 아니고, 내가 살고 있는 빌라 1층 집주인이었다.

"썩을, 이번엔 개새끼들 요양소래."

"요양소요?"

"이놈의 동네는 개판에서 벗어나질 못하네. 징글징글하다, 징글징글해."

요양소면 너무 조용하지 않나. 실망감 때문에 아랫배가 쿡쿡 쑤셔왔다. 늙고 병든 개들이라면 기껏해야 끙끙 앓는 소리가 전부일 텐데. 지하철역이나 도롯가에서 간혹 마주치는 노인들처럼 목청껏 소리를 질러대는, 아고아고 나 죽는다 유난스레 나동그라지는 그런 개들이 50마리쯤 입소하면 좋겠다고 나는 생각했다.

포클레인은 운동장을 갈아엎어 여분의 흙무더기를 만들어냈다. 드릴로 수영장을 깨부수고 시멘트를 걷어내더니 흙무더기를 끌어다 구덩이를 메웠다. 카페로 사용되던 2층 건물은 내부만 리모델링하는 모양이었다. 공사가 진행되는 동안 1층 간판이 먼저 걸렸다. 구원성동물병원. 건물처럼 네모난 간판에 빈틈없이 들어찬 검은 글씨들이 촌스럽기도 하고 익숙하기도 했다.

구 원장은 실내 놀이터로 사용되던 건물 2층에 돌봄센터를 만들었다. 중간 기둥 하나 없이 텅 빈 너른 공간이었다. 우선은 열 마리만 케어할 거예요. 구 원장이 말했다. 어느 정도 자리를 잡으면 운동장 부지에 5층짜리 건물을 세울 겁니다. 그때부터 본격적으로 반려동물 요양원 사업이 시작되는 거죠. 그런 말을 나는 채용 면접을 보면서 들었다.

개원 전 건물 앞에 '직원 구함' 현수막이 내걸렸을 때, 세상에 요즘 같은 때 구인 현수막이라니, 감탄하며 나는 재빨리 전화번호를 저장했다. 동물병원 직원은 구인 사이트에서, 돌봄센터 직원은 현수막으로 구했다는 사실은 나중에 알았다. 돌봄센터 직원이 무조건 지근거리에 있어야 유용하다는 이유에서였다. 내 이력서를 살펴보던 구 원장이 반색을 하며 물었다. 바로 이 앞에 사시는군요? 나는 힘차게 고개를 끄덕였다. 담을 넘으면 1분 내로 출근할 수 있어요.

"병든 개를 돌보는 건 정말 어려운 일입니다. 힘들고 더러워요. 개의 상태에 따라 갑자기 야근을 하게 될 수도 있고 물리거나 긁히는 일도 자주 있을 겁니다. 죽어가는 개들을 매일 들여다보는 것도 고통스러운 일이죠. 비위는 좋으신가요? 체력은요? 마음은 건강합니까?"

구 원장은 그런 것들을 내게 물었다. 나는 어떻게든 이 일을 하고 싶었다. 왜냐하면, 페이가 높았으니까. 근무시간이 터무니없이 길었지만 터무니없는 시간을 충분히 견뎌낼 수 있을 만큼의 월급이 제시되어 있었다.

전수미가 사람을 죽였다고 해서 내 삶이 달라지는 것은 아니었다. 내가 서둘러 죽지 못했으니 다른 선택지는 없었다. 일을 하고 돈을 벌어 빚을 갚는다. 그 단순한 구조 안에서 나는 지냈다. 이따금 전수미가 궁금해질 때도 있었다. 전수미의 건강이나 범행동기 따위가 아니라 전수미가 몇 년 형을 선고받게 될지에 대한 궁금증이었다. 재판은 좀처럼 끝나지 않았고 달력 뒷면에 불과한 내 일상도 끈질기게 이어졌다. 그러니 나는 최선을 다해야 했다. 나는 다시금 컴퓨터 화면을 채우기 시작한 이력서들 중 제일 그럴듯해 보이는 것을 들고 나온 참이었다.

"저 쿠팡 물류센터에서 3년 일했어요. 인내심, 끈기, 체력, 정신력, 다 자신 있습니다."

"그런데 왜 3년만 했어요?"

"어깨 인대가 끊어져서 잘렸어요."

물류센터에서 같이 일했던 사람들이 그랬다. 여긴 지옥이지만 여기서 버텼다는 건 굉장한 이력이 될 거라고. 어디 가서 일하든 쿠팡에서 견뎠다는 말만 하면 돼. 인대가 끊어졌어도 산재 처리 안 받았다고, 아무것도 묻지도 따지지도 않고 단 한 번도 결근하지 않고 매일 그 자리에서 일만 했다고 말해. 전부 사실이었으므로 나는 그들의 말대로 했다. 말하면서 잠깐 의아해지기는 했다. 그토록 완벽한 지옥을 견뎌냈다고 말해야 채용될 수 있는 곳이라면 이곳도 그에 못지않은 지옥인 거 아닐까. 아니면 그에 못지않은 지옥이 되기 위한 만반의 준비를 끝낸 곳이 아닐까. 어쨌거나 새로운 지옥의 주인, 구 원장이 내 앞에 있었다. 나는 골격이 좋아 보이도록, 팔뚝이 충분히 두툼해 보이도록 어깨를 활짝 펴고 겨드랑이를 꽉 붙였다. 구 원장이 이상한 표정으로 얼굴을 찡그리더니 말했다.

"나는 쿠팡 불매운동 중입니다."

그러고는 나를 2층으로 데려갔다. 텅 빈 2층은 아직 공사 중이라 분진이 날리고 있었다.

"여기서 열 마리의 개들이 지내게 될 겁니다. 낮에는 두 명, 밤에는 한 명의 직원이 배치될 거예요. 고화질 CCTV가 천장에 모두 여섯 대 설치되고, 보호자들이 언제든 이곳을 방문할 수 있습니다. CCTV 영상은 보호자들이 원할 때 별도의 절차 없이 확인할 수 있고요. 스페셜케어에 해당되는 개별실은 총 네 개입니다. 투명한 아크릴 벽으로 구

분되어 있는데 각 방마다 스피커와 마이크가 탑재된 홈캠이 설치될 거예요. 자유롭게 각도 조절이 가능하고 보호자가 직원의 처치를 실시간으로 살펴보거나 녹화할 수 있습니다. 홈캠으로 직원에게 요구사항을 직접 전달할 수도 있어요. 개의 이름을 부를 수도 있겠지요."

"좋네요."

어쩐지 고객에게 하는 홍보 멘트 같다고 생각하며 나는 고개를 끄덕였다. 내가 돌봐야 할 개는 총다섯 마리란 소린데 그게 딱히 어려울 것 같지 않았다. 말한 대로 나는 비위도 강하고 정신력도 강하고 체력도 더할 나위 없이 강하니까.

"그런 환경에서 일해도 괜찮겠냐고 묻고 있는 겁니다."

"그게 왜요?"

내가 물었다.

"저는 항상 그런 환경에서 일했는걸요."

구 원장이 나를 돌아보았다. 여전히 얼굴을 찌그리고 있었는데 조금 전보다는 뭐랄까, 어딘가 나를 불쌍해하는 눈빛이었다. 개원 일주일 전부터

케어 서비스 교육을 받아야 합니다. 교육 기간 동안은 최저시급이 지급될 거예요. 나는 구 원장에게 감사하다고, 열심히 일하겠다고 말했다.

개들은 순식간에 채워졌다. 구 원장이 이전에 일했던 병원에서 따라온 개들이라고 했다. 열 마리라고 확신했던 게 이미 유치해둔 고객 수였나 싶을 만큼 빠른 속도였다. 수의사가 상주하는 노견케어시스템. 그런 문구의 포스터가 돌봄센터 안에도, 병원 데스크 옆에도 붙어 있었다. 돌봄과 치료를 병행하는 이른바 반려견 호스피스인 셈이었다. 돌봄센터 대기견 수가 두 자릿수에 이른다고 데스크 직원이 알려주었다. 열 마리의 개가 모두 죽어야 들어올 수 있는 열 마리, 그 열 마리가 모두 죽기를 기다려야 하는 또 다른 열 마리. 괜히 오싹한 마음에 나는 팔뚝을 문지르며 계단을 올랐다.

2층은 바닥 소재가 둘로 나뉘어 있었는데 홀 가운데를 기준으로 오른쪽은 일반 폴리싱타일, 왼쪽은 대리석이었다. 추운 나라에서 유래된 이중모를 가진 개들, 이를테면 스피츠 종이나 시베리안 허

스키, 맬러뮤트 같은 개들이 왼쪽 대리석 바닥에서 지냈다. 치와와나 말티즈 같은 단모종들은 폴리싱타일 바닥에 깔아놓은 두꺼운 담요 위에서 지냈다. 양쪽 바닥 다 깨끗한 외양으로 보기도 좋고 청소하기도 쉬웠지만 물기가 조금만 남아 있어도 심하게 미끄러웠다. 그래도 괜찮았다. 돌봄센터 안에는 미끄러질 만큼 뛰어다닐 체력과 근력을 가진 개가 없었으니까. 대부분의 개들은 넓게 깔아놓은 배변 패드 위에 누워 있었다. 담요 위에도 물그릇 옆에도 개의 몸이 닿는 곳이면 어디든 배변 패드를 깔았다. 간혹 개가 집에서 즐겨 쓰던 쿠션이나 침대를 사용하게 해달라는 보호자가 있었지만 구 원장은 위생상의 이유로 거절했다. 구 원장이 개인 침대를 허락할 때는 예후가 좋지 않을 때뿐이었다. 자신의 침대에서 잠든 개들은 대개 일주일 내로 죽었다.

늙은 개, 늙고 병든 개, 늙지는 않았지만 병든 개들이 모두 열 마리. 거동이 불편하고 혼자 배변을 할 수 없으며 백내장 때문에 눈알이 하얗게 변한 개들. 혀를 빼물고 쉴 새 없이 침을 흘리지만 침을 흘리고 있는지도 모르는 개들. 근육이 다 빠진 가느다란 다리와 퍼석퍼석한 털을 가진, 작은 머리통을 쉴 새 없이 흔들거리고 힘들게 먹은 것들을 힘들게 토해내는 크고 작은 개들. 그런 개들을 돌보는 일은 어렵지 않았다. 과도한 인내심과 지구력을 필요로 했지만 그뿐이었다. 어떤 의미에서 구 원장의 말은 정답이었다. 비위는 좋으신가요? 체력은요? 마음은 건강합니까?

나는 개들의 눈곱을 떼고 입가에 찐득하게 엉긴 침을 닦아주는 것으로 일과를 시작한다. 한쪽으로만 너무 오래 누워 있지 않도록 개들의 몸을 시간 맞춰 돌리고 굳은 다리를 마사지한다. 필요에 따라서는 따뜻하게 데운 찜질팩을 수건으로 감싸 개의 몸에 대주기도 한다. 위장 운동이 멈춘 홀쭉한 배를 한 방향으로 문질러 배설을 유도하고, 부드러운 습식 사료나 유동식을 조금씩 떠먹인다. 삼키지 못해 토한 것들을 닦아내고 혀와 식도를 아예 움직이지 못하는 개들에겐 피딩튜브를 끼워 주사기로 천천히 유동식을 밀어 넣는다. 개들이 처방받은 약을 각자의 시간과 용법에 맞춰 먹이는 일이 가장 중요하다. 피부염이 생기지 않도록 혹은 이미 생긴 피부염이 더 번지지 않도록 약용 샴푸를 이용해 개들을 목욕시키고 미지근한 바람으로 털을 말린다. 이어클리너와 거즈와 면봉으로 귀를 세척하고 귓속에 고름이 차 있거나 지저분한 찌꺼기들이 거즈에 딸려 나오면 안고 내려가 병원 진료를 본다. 굴 껍질처럼 딱딱하게 굳고 갈라진 발바닥에 오일을 발라주고 쉽게 부스러지는 발톱을 깎거나 갈아준다. 아침저녁으로 개들의 체온과 혈압을 재고 발작하기 직전 숨을 몰아쉬며 오줌을 질금대는 개에게 다가가 눈을 감긴 뒤 지그시 누른다. 개의 숨소리가 가래 끓는 소리 같다거나 대소변 색이 수상쩍어지면 아래층에 콜을 넣어 구원장을 부른다. 소란과 내가 하는 일은 치료가 아니라 위생과 생존을 위한 최소한의 케어다.

이 이상의 일들은 생기지 않는다.

일을 막 시작했을 때 나는 온라인 노견케어카페에 가입했다. 늙고 병든 개를 키우는 견주들이 정보를 공유하고 죽은 개를 애도하는 공간이었다.

나는 그곳에서 노견에게 일어날 수 있는 온갖 돌발 상황들을 글과 영상으로 보았다. 응급처치나 관련 질환에 대한 글도 어느 정도 읽었다. 그러나 그곳에서 보고 들은 사례들이 돌봄센터에서 일어난 적은 없다. 개들은 적당히 앓았고 적당한 때 죽었다. 적당한 때, 그러니까 아직 자신의 주인과 눈맞춤할 수 있을 때, 미력하게나마 꼬리를 흔들고 스스로 호흡하고 눈을 깜빡여 눈물을 털어낼 수 있을 때, 주인의 손에 자신의 앞발과 혀가 삐져나온 주둥이를 올려놓을 수 있는 그런 때.

돌봄센터에 대한 평은 대부분 좋다. 구 원장이 일부러 돈을 쓴 것 같지도 않은데 포털사이트에 리뷰들이 꽤 많이 올라와 있다. 하나같이 평점이 높고 감성적인 리뷰들이다. 거기 언급된 이름은 당연하게도 내가 알고 있는 개들의 것이다. 의사 선생님과 직원분들이 정성스럽게 케어해주셔서 모찌는 마지막까지 행복했을 거예요. 미리 연락주셔서 우리 썬더 임종을 지킬 수 있었습니다. 종구는 엄마 무릎에서 편안히 무지개다리를 건넜어요. 장례 업체와 연계되어 있어 화장하고 나온 뼈로 메모리얼 스톤 만들었습니다. 그런데 1.4킬로 말 티즈에서 나온 스톤치고 조금 적네요. 우리 구름 이는 구름처럼 하얬는데 스톤은 새까만 흑요석 색 이었어요. 금요일 밤 연락받고 허둥지둥 뛰어갔더 니 저랑 눈 마주치자마자 바로 눈감더라고요. 힘 내줘서 고마워. 요키 사랑해.

개들은 모두 조용하고 안전하게 죽는다.
사랑하는 주인의 품에서,
대부분 금요일 밤에.

왜 궁금해하지 않을까. 이곳의 개들이 왜 금요 일에 많이 죽는지. 사실은 여러 요일이 있다. 자영 업자의 개는 월요일에, 회사원의 개는 금요일에, 프리랜서의 개는 수요일과 목요일 한낮에 죽는다. 그것을 나는 안다. 소란도 알고 야간근무하는 하 림도 알 것이다. 수의사가 상주하는 돌봄센터니 더없이 명확한 치료와 돌봄이 이루어지겠지. 사실 이다. 우리는 정말 그렇게 한다. 하지만 보호자들 은 진짜로 모르는 걸까. 개들을 치료하는 것도 개들을 안락사시키는 것도 모두 수의사의 일이다.

구 원장은 슬픔에 젖은 보호자들에게 이렇게 말
하곤 한다. 며칠 전부터 계속 고비였는데 보호자
님 얼굴 보고 가려고 그렇게 애썼나 봅니다. 기특
하고 씩씩한 애예요. 보호자들은 기특한 개를 쓰
다듬고 끌어안고 아직 못다 한 말을 개의 귀에 속
삭이느라, 눈으로 코로 손가락으로 개의 마지막을
덧그리느라 바쁘다. 개의 목덜미에 코를 파묻고
콧잔등부터 발가락 끝까지를 수없이 어루만진다.
그러느라 의심할 여력이 없다. 그런 걸 의심하는
이는 나나 소란뿐이다. 우리는 구 원장의 말을 곧
이곧대로 믿을 만큼 순진하지 않다.

피거품이 맺힌 개의 입을 닦아줄 때마다, 새까
맣게 얼룩지고 부스럼이 생긴 개의 배를 소독약으
로 닦아줄 때마다 나는 보호자들의 방문일을 가
늠해본다. 구 원장이 불쑥 2층으로 올라와 오늘은
일찍 퇴근들 하시죠, 라고 말하는 건 대부분 금요
일 오후다. 구 원장은 야간근무를 자청하며 우리
를 퇴근시킨다. 밤 근무자인 하림에게 전화를 걸
어 사람 좋은 목소리로 오늘은 쉬시죠, 라고 말한

다. 그런 때의 구 원장은 정갈한 차림새다. 한여름에도 꼭 긴바지를 입고 양말을 신는다. 한겨울에도 지나치게 두껍거나 털이 달린 옷은 입지 않는다. 금요일 밤, 어떤 교통수단이든 이용이 가능하고 길이 너무 많이는 막히지 않을 오후 아홉 시쯤 구 원장은 특정 개의 보호자에게 전화를 건다. 마음의 준비 단단히 하시고, 지금 바로 센터로 와주세요. 구 원장은 말하고 보호자는 그렇게 한다. 개는 보호자의 품에서 죽는다. 연계된 장례 업체의 발 빠른 처리로 온전히 슬픔에만 잠겨 지낼 수 있는 주말의 시간. 죽음과 장례의 절차는 신속하고 애도의 시간은 충분하다. 편안하고 안전한 죽음. 그런 죽음은 당연하게도 여러 단계의 계획과 결단이 있어야만 가능하다.

그러나 의심한다고 해서 달라질 것은 없다. 이곳의 개들은 곧 죽을 개들이고 내버려두면 실제로 죽으니까. 조금 먼 미래에 죽을 예정이었겠으나 그것은 고통스럽고 너저분한 연명의 과정을 거쳐야 한다. 연명이 고통스러운 건 개의 신체적 괴로움만을 뜻하는 게 아니다. 구 원장은 가끔 더, 더

먼 미래에 죽어야 할 개들을 끌어다 금요일 저녁에 앉힌다. 개의 보호자가 머뭇대며 이런 말들을 건넬 때다. 처방식을 조금 더 저렴한 것으로 바꿔주실 순 없나요? 배변 패드랑 기저귀 소비량이 그렇게나 된다고요? 다른 개가 쓴 것까지 같이 계산된 거 아니고요? 피딩튜브는 무료 제공 아니었어요? 꼭 산소방에 있어야만 하는 상황인 거죠? 산소방 이용료는 별도로 계속 청구되고요? 6개월, 아니 12개월 할부로 했을 때 되는 무이자 카드는 어떤 건가요? 이번 달에는 근무 일수를 많이 늘려서 면회 가기가 어려워요. 다다음 주, 아니, 다다음 달에는 보러 갈 수 있을 거 같아요. 그런 보호자를 가진 개들의 마지막은 미래의 금요일에서 오늘의 금요일로 순식간에 이동한다. 보호자가 파산하거나 과로로 쓰러지거나 센터에서 걸려오는 전화를 지긋지긋해하기 전에, 아직 애도할 여력과 통장 잔고가 남아 있는 때에. 그것이 적당한 때, 라고 소란은 말한다.

"잘 보내주고 싶어서 일부러 센터에 돈을 내는 거잖아요."

"그렇지."

"그런데 개가 너무 오래 살아서 돈이 부족해지면, 곤란한 마음도 들지 않겠어요? 개는 계속 늙고 더 많이 아프고 케어비는 천정부지로 치솟고 언제까지인지도 모를 긴 시간 동안 계속 돈을 지불해야 한다면요. 그만하면 너도 나도 할 만큼 했다, 이제 그만 건너가렴, 어느 순간 자기도 모르게 그렇게 말하게 되지 않겠느냐고요."

"그럴까."

"긴병에 장사 없다잖아요."

소란이 말한다.

"진저리를 치게 될 때까지 놔두는 것보다 이게 훨씬 인간적인 방법일지도 몰라요."

그것은 지극히 인간적인, 그러니까 인간적이기만 한 선택이다. 인간적이라는 건 이기적이라는 뜻이니까. 그 선택 속에 개의 입장은 당연히 없다.

쿠팡 물류센터나 이곳이나 하는 일의 본질은 크게 다르지 않다. 나는 적절히, 때로는 넘치게 힘을 쓰고 인내하고 아무것도 따지지 않는다. 반복해서 같은 일을 하고 매달 비슷한 금액의 돈을 받는다.

간혹 절망적인 기분이 들거나 온몸이 축 처질 만큼 맥이 빠지면 생맥주와 양꼬치를, 돈이 없을 때는 편의점 맥주와 훈제 메추리알을 사 먹는다. 특별히 호사나 위로를 기대하지 않는다면 그럭저럭 안정된 삶이다. 나도 이렇게 차근차근 늙고 닳아서 치아와 근육과 털이 빠지고 음식을 씹어 삼키는 것과 배설하는 것을 고통스러워하게 될 것이다. 배변 패드가 깔린 바닥에 베개도 없이 누워 경직된 몸을 누군가 아주 조금씩이라도 주물러주길 바라며 지내게 되겠지.

그때 나는 누군가 인간적인 선택을 해주길 바라게 될까.

모르겠다.

3

태풍이와 코찡이는 제자리에 있다. 태풍이가 꼬리를 바닥에 내려놓듯 탁탁 움직여 나를 맞는다. 둥글고 순한 주둥이를 내 쪽으로 들어 올리고 가늘게 끙끙댄다. 앞다리를 꼭꼭 주물러주고 배를 쓰다듬어준다. 사타구니 쪽에 문득 둥글고 단단한 것이 느껴져 주변부를 오래 문지른다. 근육이 뭉친 건가 싶었는데 태풍의 배는 건조하고 부드러워 근육이랄 게 없다. 물이 찬 작은 풍선 같은 것이 계속 손끝에 걸린다. 구 원장에게 콜을 해야 할까. 태풍이를 내려다보며 우뚝 서 있던 구 원장의 모습이 떠올라 망설여진다. 개들을 한번 둘러본 다음 다시 생각하기로 한다.

코찡이는 담요 위에서 오래도록 걷고 있다. 벽에서 시작해 내게 오기까지 사람 걸음으론 고작 두어 걸음 정도지만 코찡이는 비틀비틀 필사적으로 걷는다. 한 걸음 내딛으면 반걸음 뒤로 밀려나고 서너 걸음 겨우 걸었다 싶으면 뒷다리가 풀려 주저앉는다. 그래도 코찡이는 포기하지 않고 걷는다. 나는 부드럽게 간 닭가슴살을 담은 종지를 들고 코찡이를 기다린다. 한참 만에야 코찡이가 내 다리를 코로 쿡 들이받는다. 나를 뚫고 지나가겠다는 듯 몇 번이고 들이받는다. 숟가락에 닭가슴살을 조금씩 얹어 코찡이에게 준다. 작은 혀가 바쁘게 움직이는 걸 보고 있자니 가슴이 저릿해진다. 무사했네, 코찡이. 나는 코찡이를 여러 번 쓰다듬는다. 마루도 제자리에 심바도 제자리에 탄과 누룽지도 제자리에 있다. 땡이와 피트, 루이도 얌전히 잠들어 있다. 그렇다면.

나는 순정이 있는 스페셜케어룸으로 향한다. 소란이 그곳에 있다. 아크릴 벽 너머에서 소란은 몸을 웅크리고 앉아 가만히 멈춰 있다. 소란의 품에 순정이 있는지 없는지 모르겠지만 아마 없을 것이다. 나는 소란을 내버려두고 바닥 청소를 시작한다.

순정의 보호자는 여든이 넘은 할머니였다. 건강이 나빠져 요양원으로 들어가게 됐다면서 순정을 이곳에 맡긴 지 두 달이 채 지나지 않았다. 할머니는 반려동물을 데리고 들어갈 수 있는 요양원을 백방으로 찾았으나 실패했다고 했다. 차선으로 이곳을 선택하고 스페셜케어 코스 1년치 케어비를 선납했고, 특별요청사항에 '자주 안아줄 것'이라고 적었다. 꾹꾹 눌러쓴 글자 옆에 종이를 뚫을 것처럼 강한 힘으로 마침표가 찍혀 있었다. 내가 우리 순정이를 품에서 내려놓은 적이 없거든. 어딜가든 안고 다니고 업고 다니고 허리에 묶고 다녔어요. 그러니 맨바닥이 얼마나 낯설 거야. 할머니는 순정을 꼭 끌어안고 눈가를 닦아주었다. 노견답지 않게 눈물 자국 하나 없이 깨끗한 얼굴이었다.

순정은 아크릴 벽 안에서 몸을 동그랗게 말고 잠을 잤다. 잠에서 깨도 잘 움직이지 않았다. 소란이나 내가 다가가면 문을 걸어 잠그듯 몸을 더 단단히 말아 다리 사이에 얼굴을 파묻었고, 혼자 남겨지면 고개를 바짝 든 채 필사적으로 두리번거렸다.

"순정이 또 잠겨 있어?"

내가 물으면 소란은 안타까운 얼굴로 고개를 끄덕이곤 했다.

소란은 일과 사이사이에 순정이 있는 방으로 들어갔다. 암모나이트처럼 말린 순정의 몸을 반짝 들어 자신의 무릎 위에 올려놓았다. 요크셔테리어 중에서도 유난히 몸집이 작은 거 아닌가 싶은 사이즈였고 무게감도 거의 없었다. 소란은 순정을 무릎 위에 두기도 하고, 벽에 깊게 기대앉은 뒤 볼록하게 솟은 뱃살 위에 두기도 하고 한 팔로 받치고 다른 팔로 감싸 안기도 했다. 소란은 자신이 아는 모든 방식으로 순정을 안고 쓰다듬었다.

입소 후 3주쯤 지난 뒤 순정은 단단하게 잠겨 있던 몸에서 불쑥 머리를 내밀었다. 소란은 몹시 기뻐하며 순정이 머리를 내민 사진을 찍어 내게 보여주었다. 작고 고집스러워 보이는 머리통이 소란의 허벅지에 올라 있었으나 몸은 여전히 잠겨 있었다. 소란은 순정의 방에 지나치다 싶을 만큼 자주 들어갔다. 일단 머리를 내놓고 나니 앞다리와 뒷다리를 내놓는 데는 오래 걸리지 않았다. 한 달이 지난 뒤엔 꼬리까지 내밀어 온몸을 쭉 편 채 소란의 품 안에서 잠들었다.

"너무 정 주지 마."

내가 말하자 소란은 보호자의 특별요청사항을 성실히 이행하고 있을 뿐이라고 답했다.

"스페셜케어니까요."

그러면서 커다란 몸을 구부려 아크릴 벽 안으로 들어가 순정을 몸에 파묻듯 끌어안았다.

순정의 방 앞을 지날 때면 홈캠이 요리조리 머리를 돌리고 있는 게 보였다. 소란이 안에 들어가 있을 때도 순정이 밥을 먹을 때도 홈캠이 움직였다. 할머니는 요양원에서 핸드폰으로 순정을 요리조리 수시로 살피다가 못 참겠다 싶어지면 순정 아, 하고 불렀다. 어느 날은 맑은 목소리였고 어느 날은 가래가 낀 목소리였고 어느 날은 어눌한 발음에 쥐어짜내듯 쉰 목소리였다. 할머니는 순정아, 순정아, 하고 부르다가 넋두리를 하기도 했다. 순정아, 할미는 아무것도 못 먹는다. 너는 잘 먹거라. 순정아, 그 썩을 것들이 날 여기 처박아놓고 너도 못 만나게 하고 찾아오지도 않는다. 나는 자꾸 자꾸 아프다, 순정아. 내가 너를 찾으러 못 가도 너는 튼튼하게 죽는 날까지 살아야 한다. 순정아, 요 이쁜 순정아. 할미가 쓰다듬는다, 응? 할미 손 뻗었다, 이리 온, 응? 순정이는 할머니 목소리가 들릴 때마다 끙끙 울었다. 눈물이 흘러 눈가는 물론 콧잔등까지 시꺼메지도록 울었다.

"순정이 할머니가 죽었대요."

소란이 말한다. 새빨갛게 부은 눈에 비해 빨래 더미와 서랍장에서 순정의 물건을 쏙쏙 골라내는 손이 재빠르다.

"할머니가 죽자마자 할머니 아들이 센터로 전화를 걸었어요. 순정이 케어비 선납한 거 얼마 남았냐고, 남은 거 전부 환불해달라고요. 어제 순정이가 위독하다고 전화했더니 죽으면 알아서 치워달라고 하더래요. 순정이는 아무에게도 안기지 못

64

한 채 죽었어요. 맨바닥에서."

"그러게 너무 정 주지 말라고 했잖아."

"순정이 지금 어디 있는지 알아요?"

탄성이 좋은 털실로 촘촘히 짠 니트를 손에 쥐고 소란이 묻는다. 그것은 소란이 직접 사 와 순정에게 입히던 것이다. 이렇게 몸에 꽉 맞는, 몸통을 조여주는 옷을 입으면 개가 안정감을 느낀대요. 사람이 안아주는 것 같은 느낌이 든다나 봐요. 소란은 자신의 휴무일마다 그 옷을 순정에게 입혀주었다. 노란 니트가 꽉 죄고 있는 순정의 몸통이 너무 작아서, 나는 가끔 아크릴 벽을 넘어가 순정을 안아주곤 했다.

"병원 냉동실에요."

소란이 작게 훌쩍거린다.

"장례 업체에 다른 개를 화장할 때 같이 화장해 달라고 할 거래요. 순정이는 정말 작으니까 금방 탈 거라고. 근데 그럼 다음 개가 죽을 때까지 순정이는 계속 얼어 있어야 하잖아요."

이거라도 입혀줄래요. 소란이 노란 니트를 들고 아래층으로 내려간다. 토요일과 일요일은 예약 없이 아무 때나 개들의 면회가 가능하다. 준비할 것도, 치워야 할 것도 산더미인데 소란은 좀처럼 돌아오지 않는다. 바쁜 와중에 나는 자꾸 태풍이와 코찡이 주변을 맴돈다. 코찡이가 흘린 침을 닦아주고 태풍이의 사타구니께를 한 번 더 살핀다. 소란은 노란 니트를 입힌 순정을 덧그리는 중일까. 보호자들이 그러는 것처럼 못다 한 말을 순정의 귓가에 속삭이고 미세하게 주름진 코를 어루만지고 앞다리를 꼭 쥐어줄까. 너무 빨리 냉동실로 들어가는 바람에 덩달아 얼어붙어 있을 영혼을 불러내 마지막으로 한 번 더 끌어안아주는 중인 걸까. 그런데, 소란. 나는 정말 궁금해. 어제 너는 구 원장이 찡이를 데려갈 거라고 아무렇지 않은 얼굴로 말했었잖아.

지금 냉동실에 들어 있는 개가 찡이였어도 너는 울었을까.

나는 배변 패드와 담요를 깨끗한 것으로 바꾸고 개들의 생식기와 항문 주변을 물티슈로 닦는다. 피부가 헌 곳에 연고를 바르고 각질이 일어난 배와 굳은 발바닥에 코코넛 오일을 바른다. 빗을 들고 다니며 개들의 정수리와 귀 뒤, 겨드랑 털을 살살 빗어주고 실내 온도와 습도를 점검한다. 그러는 사이 마루가 토하고 루이가 설사를 한다. 땡이의 기침이 좀처럼 멈추지 않아 아래층에 콜을 넣으며 태풍이에 대해서는 말하지 않기로 한다. 부들부들 떨며 하울링하는 누룽지를 품에 안아 달랜다. 누룽지는 허리와 다리가 너무 길어서 안기 어렵다. 담요에 뉘어 다리를 잘 접은 뒤 부리토처럼 말아 안아주면 코를 벌름거리며 좋아한다. 담요로 말았는데도 앙상한 골반뼈가 느껴진다. 간식 시간은 멀었지만 나는 누룽지를 안고 급식실로 들어가 몰래 간식을 꺼내 준다. 누룽지는 아직 어금니가 튼튼해 단단한 간식도 먹을 수 있다. 누룽지가 육포를 잘근잘근 신중하게 씹어 삼킨다. 소란은 아직도 돌아오지 않는다.

　—심바 면회 오셨어요!

　아래층에서 콜이 온다. 누룽지를 내려놓는 사이 심바 보호자가 뛰어들듯 센터로 들어선다. 누워 있는 개들이 쫑긋, 머리와 귀와 온몸의 감각을 곤두세워 방문객을 가늠하는 사이 심바가 벌떡 일어선다. 올해 열다섯 살이 된 심바는 땅땅하고 짧은 다리를 가진 시바견이다. 목욕시키거나 귀청소를 할 때, 발톱을 깎아줄 때마다 전쟁을 치러야 하는 개이기도 하다. 소란도 나도 심바에게 물린 상처가 대여섯 개쯤 있다. 심바는 춤추듯 앞다리를 종종대며 당장이라도 아크릴 벽을 뛰어넘을 태세다. 물론 그러지는 못한다. 심바가 마음껏 움직일 수 있는 건 상반신뿐으로 여러 번의 수술 끝에 심바의 하반신은 마비되었다. 일찍 기저귀를 채워놓길 잘했다고 생각하며 나는 보호자와 인사를 나눈다. 심바의 보호자는 아빠와 엄마, 중학생 아들이 늘 한 팀으로 움직인다. 주말마다 면회를 와서 온종일 심바를 돌보고, 연휴가 있는 달에는 꼬박꼬박 심바를 집으로 데려간다. 평일에도 어떻게든 틈을 내 심바를 보러 온다.

심바는 이곳에서 아주 오래 살 것이다.

구 원장은 운동장의 3분의 1쯤 되는 공간에 펜스를 둘러 정원을 꾸몄다. 나머지 공간은 흙을 다져 주차장으로 사용했다. 개들은 월요일과 목요일에 정원을 산책한다. 걸을 수 있는 개들은 소란과 내가 안고 내려가 정원에 풀어준다. 걸을 수 없는 개들은 이동장으로 옮긴 뒤 낮은 수레에 실어 천천히 주변을 산책시킨다. 걸을 수 있는 개들이라고 해도 오래 걷지는 못하므로 적당한 때 수레에 올려주거나 미리 깔아둔 돗자리 위에 눕혀야 한다. 밖으로 나가면 개들은 잘 먹고, 제법 힘을 주어 용변도 본다. 개들이 산책하는 동안 소란과 나는 정신없이 바쁘다. 용변 본 개의 엉덩이를 닦아주고 개가 마실 물을 챙기고 다리가 후들거리는 개를 안아다 수레에 올려준다. 나무뿌리나 풀에 걸려 고꾸라진 개의 주둥이를 살피고 천연 벌레기피제를 여기저기 뿌린다. 땅을 파고 싶어 어쩔 줄 몰라 하는 개와 수박 조각을 야무지게 물고 있는 개의 사진을 찍어 보호자에게 전송한다. 사진을 찍는 일은 중요하다. 배변 패드 위에 누워 멍하니 있는 개들의 사진이 아닌, 붉고 푸른 풍경 속에서 바쁘게 코를 벌름대는 개들의 사진은 반응이 좋다.

구 원장은 정원을 꽤 정성 들여 관리하는 축에 속한다. 배롱나무와 이팝나무네요. 정원을 보며 내가 말했더니 상당히 기뻐했다. 배롱나무 줄기가 특히 근사하지 않나요? 구 원장의 말에 나는 고개를 끄덕였다. 자작나무 숲과 편백나무 숲, 배롱나무의 자줏빛 꽃. 나는 그런 것들을 오래전 숲속에서 배웠다. 숲 입구에 세워진 팻말을 읽거나 나무 사진을 포털사이트에서 검색해 수종을 알아내기도 했다. 숲속을 걷는 것도, 나무 이름을 알아내는 것도, 좋아하는 나무를 골라 눈과 머리에 새기는 것도 전부 혼자서 했다.

"저 개, 그냥 둬도 되나요?"

낯선 목소리가 묻는다.

"너무 신나 있는 것 같은데요."

웃음 섞인 목소리에 어쩔 수 없이 뒤를 돌아본다. 작고 동그란 머리통을 가진 키가 작은 남자다. 눈도 코도 입도 모두 작은데 그중 가장 작아 보이는 손을 들어 정원 한쪽을 가리키고 있다. 때마침 코찡이가 진흙 범벅이 된 얼굴을 내 쪽으로 돌린다. 세상에! 코찡이에게 뛰어가려는 순간 바로 옆에서 작고 단단한 생명체가 힘차게 땅을 내딛는 게 느껴진다. 개들과 함께 있을 땐 좀처럼 느끼기 힘든 감각이다. 남자는 나보다 빨리 도착해 코찡이를 번쩍 들어 올린다. 호스에서 물이 새고 있었는지 질척하게 젖은 땅이 온통 파헤쳐져 있다. 코찡이의 얼굴뿐 아니라 턱 아랫부분과 배, 발톱 사이사이까지 진흙이 가득하다. 요놈. 남자가 수도를 틀어 코찡이 얼굴을 닦아준다.

"누구세요?"

나는 조금 방심한 채 묻는다. 나의 감각들이 조금도 소란해지지 않았기 때문이다. 나는 남자가 내 곁에 와서 선 줄도 몰랐다. 더듬이들이 몸을 떨면서 나를 깨웠다면, 누가 와, 누군가 다가오고 있다고, 술렁이는 목소리를 내며 팔뚝을 꽉 조였다면 나는 당장 도망쳤을 것이다. 남자는 더듬이들 중 하나라도 되는 양 자연스럽다. 괜찮아요? 멀리서 소란이 묻는다. 돗자리에 누운 개에게 몸을 바짝 붙이고 있는 걸로 봐선 개가 발작을 일으키기 직전이거나 발작 중인 듯하다. 나는 손을 흔들어 보이고 남자에게 다시 묻는다. 그런데 누구세요?

"오늘부터 센터에 강아지를 맡기게 됐어요."

남자는 코찡이의 입안에 진흙이 남았는지 살펴

고 물을 뿌려 발을 헹군다. 흙과 물로 흠뻑 젖은 코찡이를 아무렇지 않게 끌어안아 등을 다독거린다. 코찡이가 작게 캑캑댄다.

"강아지는 지금 검진받는 중이에요."

센터에 입소하는 개들은 무료로 종합검진을 받는다. 순정이가 빠졌으니 대기 중이던 개가 들어오는 게 당연한데도 나는 소란 쪽을 돌아보지 못한다. 노란 니트를 입은 순정은 여전히 냉동고 속에 있다.

남자의 개는 여덟 살, 중성화된 수컷에 믹스견이다. 중형견 크기인데 네모지고 길쭉한 몸통은 웰시코기 같고 다리뼈가 다 있는 걸까 의심될 만큼 짧은 다리는 닥스훈트 같다. 정작 얼굴은 아주 작고 동그래서 말티즈나 치와와가 조상 중에 있나 싶기도 하다. 이름은 오팔이에요. 내가 의아하게 바라봤는지 남자가 얼른 덧붙인다. 저희 할머니가 오팔년 개띠시거든요. 그래서 오팔이.

"등록할 때 물어보니까 미리 예약만 하면 24시간 면회 가능하다던데요. 맞나요?"

"주말엔 예약 없이 그냥 오셔도 돼요."

"제가 자주 와봐야 해서요."

남자가 말한다. 오팔이 아무 기척도 내지 않은 것 같은데 남자가 잽싸게 다가가더니 오팔의 상체를 들어 올린다. 꿀렁 소리와 함께 오팔이 노랗고 끈적한 것을 토한다. 남자가 짐가방에서 물티슈를 꺼내 토한 것을 닦아 비닐봉지에 넣고 꽉 묶는다. 오팔의 입안을 물에 적신 거즈로 닦아주고 아까 코찡이에게 그랬던 것처럼 이물질이 남아 있진 않는지 꼼꼼히 살핀다. 차 타고 오느라 멀미했지, 우리 오팔이. 남자가 오팔의 목울대를 살살 쓰다듬는다.

"재활훈련을 하면 드물게 회복되는 경우가 있다더라고요. 그런데 재활 비용이 엄청나게 비싼 거예요. 할머니는 그 돈을 내고 치료할 바엔 차라리 새 개를 사라고 해요. 저랑 할머니랑 오팔이랑 셋이 사는데, 말만 그렇게 하지 할머니도 오팔이 엄청 예뻐하세요. 센터에 맡긴다니까 얼마나 반대를 하시는지. 왜 노인분들 중에 그런 얘기하시는 분 있잖아요. 늙어서 요양원 들어가면 죽어서 나온다고. 그냥 돈이 아까워서 그러는 걸지도 모르지만요."

오팔에게 집중하느라 남자는 두서없이 말한다.

구 원장은 차트에 급성 목 디스크로 인한 전신 마비, 라고 썼다. 전문용어 같은 건 우리가 알아보지 못하니까 한글로 또박또박. 구 원장의 글씨는 오래된 타자기가 찍어낸 것처럼 일정한 폭으로 정렬되어 있다. 알아보기 쉽지만 어쩐지 비인간적인 자간과 글꼴이다.

나는 오팔의 다리를 만져본다. 마비가 온 지 3개월이 지났다는데 오팔은 여전히 다리가 단단하고 배에 근육이 남아 있다. 남자는 유튜브 재활 훈련 영상을 따라 해봤다고, 그게 효과가 있을지 모르니 시간 날 때마다 와서 이것저것 계속 해볼 작정이라고 말한다. 잘 부탁드려요. 남자는 몇 번이나 인사하고 몇 번이고 오팔을 뒤돌아보다 나간다.

처음엔 다들 저렇다. 애틋해하고 안타까워하고 미안해하고 당장이라도 개를 끌어안고 도망칠 것처럼 여지를 남긴 채 머뭇거린다. 그러다 곧 멀어지고 둔감해지고 뜸해지고 어디에도 발그림자를 남기지 않는다. 보호자들은 기계적으로 홈캠을 돌려보며 우리에게 따진다. 제대로 케어하고 있는 거 맞아요? 왜 우리 개만 이렇게 우울해 보여요? 개가 우울해하지 않도록 자주 면회를 와달라 부탁하면 더 큰소리를 낸다. 도무지 시간이 나질 않으니 거금을 들여 센터에 맡기는 거잖아요. 내 삶이 얼마나 고된지 알기나 해요? 내가 지금 어떤 상황인지 당신이 짐작이나 할 수 있겠어? 기껏해야 개똥오줌이나 치우고 있는 주제에.

"저런 게 딜레마 아닌가요?"

남자가 돌아간 뒤 소란이 말한다.

"오팔이 재활훈련을 시켜야 하니 돈이 필요하고, 돈을 벌려면 종일 일해야 하고, 일 때문에 오팔이는 돌볼 수 없고, 오팔이를 돌보려면 센터에 거금을 내야 되고. 그럼 대체 돈은 언제 모아요? 오팔이를 데려갈 수는 있는 거예요?"

순정 때문에 소란은 아직 예민하다. 그런데도 나는 자꾸 소란에게 한마디 하고 싶어진다. 타인의 선택을 함부로 비난해선 안 된다고. 어느 때에는 그럴 수밖에 없는 선택도 있는 거라고.

"그럼 오팔이 돌보자고 다 같이 굶어죽어?"

나도 모르게 튀어나간 말에 소란이 눈을 크게 뜬다.

할머니와 둘이 산다니 남자가 벌어야 하는 돈은 할머니와 자신의 생활비, 공과금, 어쩌면 집세까지일지 모른다. 남자는 이제 막 제대한 참이라고 했다. 학교도 졸업해야 하고, 제대로 된 취업 준비를 하려면 자격증도 따고 형편없는 월급을 받으며 인턴이든 뭐든 해 스펙을 쌓아야 할 텐데 그럴 여유가 있을까? 학자금 대출은 없나? 오팔년 개띠인 할머니는 건강하신가? 이곳에 있는 개들처럼 할머니도 백내장, 녹내장으로 시력을 잃고 귀가 잘 안 들리고 입안이 바짝 마르거나 지나치게 침이 흥건해 악취를 풍기고 위장이 멈춰 소화불량에 시달리거나 두통 때문에 자주 토하고 근육이 풀어져 아무 때나 주저앉아 뼈가 부서지고 짓무른 엉덩이와 등에 염증이 번지고 숨쉬기가 어려워 흉통에 시달리고 쉴 새 없이 대소변을 지려 성인용 기저귀를 하루에 여덟 장은 써야 하는 상태라면?

저녁 근무자인 하림이 센터 문을 열고 들어선

다. 안녕하세요. 인사가 채 끝나기도 전에 나는 탈의실로 들어간다. 소란과 나란히 서고 싶지 않다. 이곳에서 뜨겁거나 차가운 살을 맞대고 같이 부스럭대며 옷을 갈아입고 싶지 않다.

언젠가 소란은 내게 말했다. 아빠가 사진관을 오래 하셨거든요. 동네에선 꽤 유명한 사진관이었는데, 아시잖아요, 이제 사람들은 증명사진이나 여권 사진 찍으러 사진관 안 가는 거. 어플로 찍고 핸드폰으로 보정하고 바로바로 출력도 되는데 뭐하러 비싼 돈 내고 사진관에 오겠어요? 게다 사진관에 와서 찍는 건 프로필 사진이나 콘셉트 사진 같은 건데 우리 아빠가 영 옛날 사람이라 트렌드를 따라가질 못하더라고요. 결국 사진관을 개조해서 셀프촬영스튜디오로 바꼈어요. 덕분에 사진관 보조였던 저는 한순간에 백수가 됐고요.

취업 준비하려면 큰일이겠네. 생각해둔 데는 있어? 내가 묻자 소란은 어깨를 으쓱했다. 사진관 물려받을 텐데 뭐 하려요. 저 여기 그만두면 임대료 받으면서 그냥 놀 거예요. 돈이야 아껴 쓰면 되죠. 그동안 잊고 지냈던 소란과의 대화가 생생히 떠오른다. 너는 좋겠다. 당시의 나는 그런 말을 하며 웃었다. 그런데 지금은 다른 말이 하고 싶다.

너는 모르는구나.

너는 정말 아무것도 몰라.

남자가 돌아갈 때 나는 그를 배웅했다. 아무 걱정 마세요. 오팔이는 저희가 정성껏 잘 돌볼게요. 그렇게 주고받는 인사 정도면 좋았을 텐데. 나는 그만 궁금증을 참지 못하고 남자에게 물었다. 그런데, 어떤 일을 해서 돈을 모으실 생각이세요?

"쿠팡 물류센터요. 완전 풀로 뛸 거예요."

남자가 씩 웃으며 대답했다.

4

전수미와 함께 사는 동안은 매일매일이 불안했
다. 집으로 전화가 걸려오는 것도 누가 초인종을
누르거나 문을 두드리는 것도 전부 공포스러웠다.
쏟아지기 직전까지 물이 차오른 가느다란 물병처
럼 집 안은 긴장감으로 가득했다. 엄마와 아빠는
눈만 마주치지 않으면 거기 붙들리지 않는다는 듯
기울어진 물병을 못 본 척했다. 나는 내 방에서 꼼
짝도 하지 않거나 늦게까지 집에 들어가지 않았
다. 해가 진 뒤 중학생이 갈 수 있는 곳은 많지 않
았다. 나는 버거킹 2층에서 유튜브를 보면서 최대
한 버텼다. 스터디카페 정기권을 끊어놓고 책상에

엎드려 오래 잠을 잤다. 그저 버티기만 할 뿐인데도 하루가, 한 달이 버겁고 피로했다.

전수미에게 사과나 보상을 받고 싶어 하는 사람들이 수시로 우리 집 초인종을 눌렀다. 현관문을 비집고 들어와 거실을 점령하는 일도 흔했다. 엄마는 처음엔 미안한 얼굴을 하고 그들의 말을 듣다 마지막엔 핏대를 세우며 같이 싸웠다.

"열네 살짜리가 뭘 알겠어요?"

엄마는 조금씩 뻔뻔해져 종내에는 이런 말도 했다.

"우리 수미만 유난한 게 아니라 그 또래 애들이 다 그렇다고요. 엄밀히 따지면 우리 애도 피해자예요. 이게 다 환경 탓이라고요!"

그러나 그날만큼은 엄마도 전수미를 두둔하지 못했다. 전수미가 오픈채팅으로 불러들인 남자가 옷을 전부 벗은 채 안방 침대에 누워 있었기 때문이다.

엄마와 나는 중학교 하복을 사서 돌아오는 길이었다. 엄마는 내게 중학교에 입학한 뒤 어떻게 생활하고 있는지, 힘들게 하는 친구나 선생은 없는

지 다정하게 물었다. 어째 키가 하나도 안 컸네. 그런 말을 하며 내 등을 꾸욱 눌러 펴보기도 했다. 엄마와 단둘이 외출하는 일은 드물었기에 나는 눈에 띄는 모든 상점을 기웃대며 시간을 끌었다. 잡화점에서 핸드폰 케이스를 사고 치즈와 베이컨이 든 토스트를 사 먹었다. 문구점과 서점에도 들를 예정이었지만 전수미가 갑자기 걸어온 전화 때문에 계획이 틀어졌다. 지금 당장 집으로 와. 전수미의 말은 그게 다였다. 엄마는 내게 미안해하거나 망설이는 기색도 없이 곧장 차를 돌려 집으로 향했다.

집 현관문은 활짝 열려 있었다. 엄마와 내가 안방에 들어서자 돌연 전수미가 깔깔대기 시작했다. 침대에 누운 벌거벗은 남자를 핸드폰으로 찍고, 경찰에 신고하겠다고 그를 협박했다. 아저씨, 나만 한 딸이 있다고 그랬죠? 걔한테 이 사진 보내줄까요? 아저씨 죄목이 몇 개나 되는 거야, 성희롱에 미성년자 성매매 미수에 주거지 불법 침입에 나랑 내 동생이랑 엄마까지 아저씨 자지 다 봤으니까 이거 공연음란죄인가 그거에도 해당되죠? 세 명 이상이 목격하면 성립되는 거잖아?

엄마가 비명을 지르며 주저앉았다. 한발 늦는 바람에 나는 비명을 지르는 것도 눈을 가리는 것도 주저앉는 것도 하지 못한 채 멍하니 서 있었다. 왜인지 머리에 검은 비닐봉지를 뒤집어쓰고 있던 남자가 몸을 일으켰다. 벌거벗은 다리를 버둥대다 침대 아래로 굴러떨어지는 남자를 나는 아득한 기분으로 바라보았다. 모든 것이 기괴하고 질 나쁜 장난처럼 느껴졌다.

나는 남자가 어, 어, 하며 비닐봉지를 찢듯이 머리에서 벗겨내는 모습을, 몸을 비틀며 기어가 바닥에 떨어져 있던 바지에 다리를 꿰는 모습을 보았다. 주저앉은 엄마와 핸드폰을 들고 있는 전수미와 멍청하게 서 있는 나를 둘러본 남자의 눈이 번뜩이는 것도 보았다. 목덜미에 얼음송곳이 박히는 기분이었다. 순간적으로 활성화된 모종의 감각이 날카롭고 차가운 냉기를 온몸으로 퍼뜨렸다. 얼어붙은 조각들이 그대로 뇌를 뚫고 들어오는 것 같았다.

무슨 생각을 하고 있지? 여자 하나에 어린 계집애 둘쯤 그냥 죽여버릴까 하는 생각? 남자가 전수

미의 핸드폰을 향해 팔을 뻗으려는 찰나 엄마가
벌떡 일어섰다.

"이게 다 무슨 일이야? 이 사람은 누구고?"

엄마는 들고 있던 쇼핑백을 집어 던졌다. 그러나
교복이 담긴 종이봉투는 조금도 위협적이지 않았
다. 남자는 내 생활복 셔츠와 교복 바지를 발로 밟
으며 옆으로 반 발짝 움직였다. 청소기를 뽑아 든
엄마가 밀대를 휘두르는데도 그것을 적당히 상대
하며 미적댈 뿐이었다. 서둘러 꿰입은 바지와 달리
상의는 손에 들고만 있었다. 마지못해 거실로 밀려
난 남자가 슬쩍 주방을 돌아보았다. 정확히는 주방
싱크대 아래쪽. 턱이 덜덜 떨릴 만큼의 한기가 내
몸을 뒤덮었다. 그러지 마. 나는 목이 꽉 막혀 쥐어
짜듯 말했다. 하지 마, 그만해, 도망치게 놔둬.

"아저씨 걍 꺼져요."

전수미가 파리를 쫓듯 팔을 휘휘 내저으며 말했
다.

"지금 꺼지면 사진 지워줄게."

"돈은? 돈 안 줘도 지워줄 거야? 신고도 안 하
고?"

"아저씨 한 마디만 더 하면 이거……."

전수미의 말이 끝나기도 전에 남자가 뛰쳐나갔다. 뭐라 말할 수 없는 공포와 침묵이 집 안을 뒤덮은 건 그때였다. 남자가 사라진 뒤에야 낯선 사람의 위화감이, 생각지도 못했던 장면과 맞닥뜨린 충격이, 방금 전 우리에게 일어날 수 있었던 온갖 끔찍한 상황들이 휘몰아쳤다. 엄마가 뒤늦게 뛰어가 현관 걸쇠를 걸고 인터폰으로 문밖을 확인했다. 아빠에게 당장 집으로 오라고 전화를 건 뒤 엄마는 전수미의 양어깨를 잡아채 거칠게 흔들었다. 미쳤어? 너 정말 미친 거야?

"진짜 올 줄 몰랐지."

전수미가 히죽 웃었다.

"오란다고 오는 게 병신 아냐?"

엄마는 서둘러 짐을 쌌다. 오픈채팅방에 호기롭게 집 주소를 올려놓은 전수미 때문에 계속해서 인터폰이 울렸다. 화면에는 아무도 안 보이거나 얼굴을 바짝 들이댄 사람이 코를 벌름대는 모습이 잡혔다. 검은 모자를 쓰거나 마스크로 얼굴을 가린 사람들이 끈질기게 문을 두드렸다. 통통통통.

안쪽으로 소리가 퍼져 다그치는 느낌이 들 정도로 만, 딱 그 정도의 강도로만 사람들은 문을 두드렸다. 문을 걷어차거나 소리쳐 부르거나 하지 않고 지극히 졸렬한 스냅으로 통통통통, 통통통통. 그들은 문 앞에 붙어 서 있다 또 다른 사람이 나타나면 그제야 얼굴을 가리고 멀찍이 물러났다. 비상계단을 오르내리는 발걸음 소리가 끝도 없이 이어졌다.

경비실에 몇 번이나 전화를 걸고 아빠의 귀가를 재촉하면서도 엄마는 끝까지 경찰에 신고하지 않았다. 통통통통 소리가 날 때마다 이를 악물어 저러다 앞니가 휘어지는 게 아닐까 싶을 정도였다. 전수미는 갑자기 목욕을 하겠다며 욕실로 들어가 버렸다. 엄마는 욕실 문에 귀를 붙여 안의 동태를 살피고 캐리어에 옷가지들을 밀어 넣고 아빠에게 다시 전화를 걸고 이를 악무느라 바빴다. 아빠는 오른손 엄지와 검지가 퉁퉁 부은 채 돌아왔다. 서두르다 손을 끼워둔 채 차 문을 닫았다고 했다. 손등과 손바닥에 검은 선이 또렷하게 그어져 있었다. 짐을 싸고 옮기는 동안 아빠의 손은 점점 크게 부풀어 올랐다. 나중에는 권투 글러브를 낀 것처럼 보였는데 아무도 그것에 대해 말하지 않았다.
뒤늦게 올라온 피멍이 손등 전체를 뒤덮었다.

아빠가 집으로 들어온 직후부터 초인종이 울려
대기 시작했다. 넌 뭔데 들어가, 이 새끼야. 집 앞
누군가 큰 소리로 뇌까렸다. 아빠가 핸드폰을 들
자 엄마가 경찰은 안 돼, 라고 말했다.

"쟤가 또 무슨 짓을 했을 줄 알고."

아빠가 입을 꾹 다물었다. 전수미를 제외한 가
족 모두가 욱니가 될 거 같단 생각에 저절로 기운
이 빠졌다. 언제나 그랬다. 전수미가 벌인 일에 영
향을 받지 않는 이는 전수미뿐이었다.

우리는 도망치듯 집을 나섰다. 엄마와 아빠는 대
형 캐리어를 양손으로 끌고 우리에겐 책가방을 메
게 했다. 홀가분하게 손이 비어 있는 전수미와 달
리 나는 수건과 속옷이 가득 담긴 대형 장바구니
를 어깨에 걸고 아빠의 양복까지 옷걸이째 들었다.
엘리베이터가 층마다 섰다. 문이 열려도 아무도 타
지 않아 엄마는 발작하듯 닫힘 버튼을 눌렀다.

새집으로 이사하기까지 우린 두 달간 외할머니

댁과 호텔, 삼촌 집을 떠돌았다. 나는 새로 산 하복을 한 번도 입어보지 못했다. 아쉽진 않았다. 교복을 떠올리면 남자의 발이 그것을 짓밟던 순간과 흉물스럽게 덜렁대던 살덩이가 연이어 떠올랐으니까. 다만 엘리베이터를 탈 때마다 등에서 식은땀이 흘러 당혹스러웠다. 열린 문 앞에 사람이 서 있어도, 서 있지 않아도 심장이 터질 것 같았다.

이사와 전학은 동시에 이루어졌다. 엄마는 전수미에게서 핸드폰을 빼앗으려 했지만 전수미가 그러면 이번에는 자신의 나체 사진과 집 주소를 자신의 SNS에 올리겠다고 협박하는 통에 그러지 못했다. 앞으로 정말, 진짜 안 그럴 거지? 엄마는 거의 빌 듯이 전수미에게 물었다.

"안 해."

전수미가 대답했다.

"짐 싸는 거 귀찮아."

아빠가 뭔가 말을 하려다 한숨으로 갈음했다. 담배를 피운다고 나간 아빠는 한참 동안 돌아오지 않았다. 엄마는 침대에 누워 꼼짝도 하지 않았다. 눈을 느리게 깜빡이는 것만이 움직임의 전부였다.

가구 할인점에서 새로 산 침대는 어딘가 기우뚱한 모양새였다. 받침대가 기운 건지 매트리스 한쪽이 꺼져서 그런 건지 구분할 수 없었으나 눈에 띄게 기울어진 것만은 틀림없었다. 엄마는 이전 집에서 쓰던 대부분의 물건들을 가져왔지만 안방 침대와 침구는 전부 버렸다.

나는 혼자 라면을 끓여 먹고 이를 닦고 치실로 이 사이사이를 꼼꼼히 문지른 뒤 방으로 들어갔다. 새로 이사한 집은 나쁘지 않았다. 전의 집과 비슷한 규모의 아파트였고 익숙한 구조에 익숙한 냄새가 났다. 방 세 개에 화장실 두 개. 이전 집과 다른 건 확장 공사를 하지 않아 방마다 작은 베란다가 딸려 있다는 것 정도였다. 그곳에 작은 화분을 두고 싶다고 나는 생각했다. 푸르고 뾰족한 것, 흙을 뚫고 나온 기특한 것을 보고 싶었다. 올망졸망하게 모여 있지만 서로에게 기대지 않고 우뚝 선 줄기. 때에 맞춰 물을 주는 것만으로, 적당한 햇빛을 쬐게 해주는 것만으로 쑥쑥 자라나는 그런 것들을 딱 세 개만.

나는 방문을 열고 거실로 나갔다. 말하고 싶은

기분을 도무지 참을 수 없어서였다. 엄마, 내겐 세 개의 화분이 필요해요. 나는 그렇게 중얼대며 안방으로, 기울어진 침대 속 엄마에게로 향했다. 하지만 안방 문이 꽉 닫혀 있어 노크를 해야 하나 고민하던 찰나였다.

"이젠 정말 못 하겠어."

엄마의 목소리가 들렸다. 작은 목소리였는데도 귀에 꽂히는 것처럼 또렷하게 들렸다.

"나 정말 한눈 한 번 판 적 없이 애들만 돌봤어. 좋은 거 먹이고 입히고 남들이 좋다는 거 다 해주려고 기를 쓰고 살았어. 근데 왜 이 지경이 된 거야? 수미 때문에 난 안 해본 짓이 없어. 걔 사고 칠 때마다 가서 빌고, 무릎 꿇고 애원하고, 돈 물어주고, 이도 저도 안 통할 땐 미친년처럼 날뛰고 윽박질러서라도 합의받아 왔어. 근데 아직도 내가 뭘 더 어떻게 해야 돼? 대체 내가 뭘 그렇게 잘못했어?"

"그럼 나는, 나는 뭘 잘못해서 이 꼴을 보는 거야?"

아빠 목소리는 엄마보다 조금 더 컸다.

"여보, 나는……."

엄마가 울음을 터뜨렸다.

"여보, 나는, 우리가 너무 불쌍해."

나는 방으로 돌아왔다. 책상에 앉아 내가 갖고 싶은 세 개의 화분을 그렸다. 꽃이 피지 않는 종류가 좋겠다. 꽃은 아주 잠깐만 예쁘고 지저분하게 시드니까. 꽃이 예쁜 화분일수록 꽃이 없는 순간이 비루하니까. 나는 푸른 줄기와 푸른 잎을 거듭 그렸다. 둥글고 넓적한 잎과 길고 뾰족한 잎, 다섯 갈래로 찢어진 잎을 그렸다가 어쩐지 기분이 상해 세모꼴의 길쭉한 잎으로 바꿔 그렸다. 나는 사실 숲길을 걷고 싶었다. 어떤 나무든 상관없이 두툼한 줄기 옆을, 끝도 없는 나무 그림자 속을 다만 걷고 싶었다.

엄마가 말하는 우리란 누구까지를 말하는 걸까.

자꾸만 비집고 들어오는 질문을 지우려 나는 세 개의 화분에 대해서만 생각하기로 했다. 이제는 갈 수 없는 숲길에 대해 아주 오래 생각했다.

엄마 아빠는 들어주지 않았지만 내겐 꽤 많은

일들이 있었다.

중학교에 입학하면서 나는 전수미와 똑같은 단발머리가 되었다. 학교 교칙 때문이었다. 머리 길이가 귀밑 5센티미터를 넘기지 않을 것. 목덜미에서 일렬로 잘린 단발머리들이 학교 안에 가득했다. 그것은 조금도 특별한 일이 아니었다.

전수미와 나는 비슷한 체형에 길쭉하고 얇은 형태의 뒤통수를 가지고 있었다. 얼굴선이 단순하고 이마가 튀어나왔다. 같은 중학교에 다녔으니 당연히 교복이 같았고, 잔머리가 많은 헤어라인과 콧날 같은 것이 상당히 닮아 있었다. 다른 건 책가방과 걸음걸이 정도였으나 멀리서는 큰 차이가 없는 듯했다. 전수미는 입이 큼직하고 턱이 뾰족했고, 나는 입이 작고 하관이 넓적했다. 그러나 집 앞 골목에 숨어 전수미를 기다리던 사람들은 그런 것에 개의치 않는 듯했다. 이를테면 등 뒤에서 갑자기 머리통을 후려갈기고 도망치는 사람이나 입을 틀어막아 질질 끌고 가려는 사람은 내 하관이 삼각형인지 사각형인지 따져보지 않았다. 나는 자주 전수미로 오해받았고 그때마다 어딘가를 다쳤다.

한번은 웬 남자가 우악스레 내 뒷덜미를 잡아 누른 일이 있었다. 크고 무거운 손이었다. 뒤에서 갑자기 움켜쥐었으므로 나는 제대로 버둥대지도 못했다. 남자는 날 바닥에 내리꽂을 것처럼 목덜미를 꽉꽉 누르더니 양손으로 내 머리통을 쥐고는 마구잡이로 흔들었다. 구역질이 나고 귀에서 삐 소리가 울렸다. 내가 고꾸라지자 남자는 내 머리에 검은 비닐봉지를 덮어씌웠다. 손잡이를 더듬어 목 근처에서 꽉 묶고는 씨발년이, 하고 말했다. 나는 씨발년이 아니라고, 전수미가 아니라고 말하고 싶었으나 남자의 행동이 더 빨랐다. 나는 비린내를 풍기는 비닐봉지 안에서 눈도 뜨지 못한 채 얻어맞았다.

남자는 이상한 방식으로 나를 때렸다. 구겨져 있던 내가 몸을 펴려고 하자 곧바로 정강이를 걷어찼다. 머리를 들면 후려치고 손으로 땅을 짚으면 팔꿈치를 차서 어떻게든 내가 바닥을 기게 만들었다. 내가 움직이지 않으면 뾰족한 것으로 내 허벅지와 옆구리 등지를 찔렀다. 그러고는 돌연 침묵했다. 남자의 침묵은 아주 짧기도 하고 오줌을 지릴 만큼 길기도 했다. 이제 끝난 걸까 싶어 숨을 고르면 쇳소리를 내는 물건을 머리 위에서 휘둘렀다. 쇠나 철이 절그럭절그럭 맞부딪치는 소리와 바람 소리가 홍 홍 머리 위를 지났다. 그것의 무한 반복이었다. 때리고 침묵하고 찌르고 침묵하고 그러다가는 참을 수 없다는 듯 욕설을 퍼부으며 내 머리통을 후려쳤다. 그리고 다시, 침묵. 남자는 어떤 기척도 없이 내 주변에 멈춰 있었다. 나는 무작정 잘못했다고 빌었다. 벌레처럼 납작한 꼴로 완전히 멈추지도, 도망치지도 못한 채 버지럭댔다. 바닥에서 올라온 냉기로 턱이 덜덜 떨렸다. 배밑이 흠뻑 젖어 온몸이 시렸다. 남자가 가버린 줄도 모르고 나는 한참을 그렇게 빌고 있었다.

끔찍했던 시간에 비해 눈에 보이는 상처는 미미했다. 등과 정강이에 멍이 몇 개, 팔꿈치와 이곳저곳의 찰과상이 전부였다. 송곳으로 후벼졌다고 생각한 허벅지에도 긁힌 자국 몇 개와 작은 멍만 남았다. 바닥에 떨어져 있던 나무젓가락이 흉기의 전부였나 싶다가도, 나를 두들겨 팬 것은 그것만이 아니란 생각이 들었다. 지독한 두통과 어지럼

증은 눈에 보이지 않았다. 뜨거운 숨이 역류해 눈알이 달아오르던 순간을, 가격당하는 순간보다 더 끔찍한 침묵 속의 공포를 나는 누구에게도 설명하지 못했다.

이사를 가든 전학을 가든 나는 그날에서 조금도 벗어나지 못했다. 나에겐 매일매일이 그날이었다. 대체 왜? 내가 무엇을 잘못했기에?

나는 방 안을 서성였다. 작고 각진 베란다가 보이지 않도록 두꺼운 커튼을 내렸다. 전수미는 나보다 늦게 집으로 돌아왔다. 어디 하나 멍든 곳 없는 말끔한 피부의 씨발년을 바라보다 나는 화장실로 들어갔다. 귀밑으로 뻗은 머리칼을 숭덩숭덩 잘라 변기에 버렸다.

5

소란이 머리를 빗고 있다. 어깨를 훌쩍 넘는 길
이의 머리칼을 하나로 그러모은 뒤 돌돌 말아 머
리끈으로 고정시킨다. 뒤통수에서 목으로 연결되
는 옴폭한 지점에 안착한 머리칼 묶음은 늘 같은
크기다. 환하게 드러난 소란의 이마가 희고 둥글
다.

소란은 개들의 털도 야무지게 잘 빗어 묶는다.
코찡이의 눈과 이마에 길게 늘어진 털을 모아 사
과 모양으로 올려 묶고, 땡이의 턱밑 수북한 털을
두 갈래로 땋아 색깔 고무줄로 쫑쫑 묶는다. 루이
와 피트의 엉덩이 털은 모량도 많고 위로 솟는 털

이라 항문을 가리지 않도록 옆으로 바짝 뉘어 묶는다. 개들을 위생적으로 돌보려면 항문과 생식기 근처는 물론 엉덩이 쪽의 털을 짧게 다듬거나 깨끗이 밀어주는 게 좋다. 하지만 그건 보호자들이 질색하는 일이다.

장이 안 좋아 설사를 자주 하는 개의 엉덩이 털을 이발기로 밀었다가 호되게 욕을 먹은 뒤로 센터에서는 아무도 이발기를 쓰지 않는다. 지금 본인 편하자고 이런 짓을 하신 거예요? 털에 뭐 좀 묻은 거, 그거 닦아주는 게 귀찮아서 애를 이 꼴로 만들어요? 분홍색 살이 드러난 개의 엉덩이와 허벅지 사진이 동네 커뮤니티와 애견카페에 꽤 오랜 시간 돌았다. 털이 너무 엉켜서 도무지 방법이 없었다고 설명해도 보호자는 막무가내였다.

"개들도 불행해지지 않을 권리가 있대요."

소란이 보여준 카페 댓글들은 가관이었다.

—털 바짝 깎는 거에 개들이 얼마나 스트레스받는데. 전문 기관이 맞긴 한가요? 보호자 동의도 없이 저렇게 제멋대로?

—노견케어센터는 저기 하나뿐이니 상호 깔 필

요도 없네. 더럽게 비싸다고 소문났더만.

—예전에 그런 일도 있었잖아요, 동물원에서 관리하기 힘들다고 맹수 이빨을 죄다 뽑아버렸던 사건이요. 아니다, 관광객들 기념사진 찍기 좋게 그랬다고 했던가? 암튼 말 못 하는 짐승이라고 너무들 하네요. 양심 없는 인간들.

소란은 개들의 털을 꼼꼼히 빗어 묶는다. 나는 납작한 대야에 따뜻한 물을 받아 오물이 묻은 엉덩이를 씻긴다. 털에 붙은 오물들은 옆으로 번지기만 할 뿐 쉽게 떨어지지 않는다. 몇 번이고 물을 갈아다 털을 문지르고, 말간 물이 나올 때까지 헹군다. 털을 완전히 말리지 않으면 면역력이 약해진 피부가 물러 쉽게 염증이 생기므로 드라이어로 한참 동안 말려야 한다. 거치대를 세워 드라이어를 고정시키고, 배변 패드와 담요 밑으로 기어든 물을 닦아낸다. 개 몸을 이리저리 돌려가며 털을 말리고 있노라면 자극을 받은 개가 조금씩 묽은 변을 흘린다. 그럼 다시 대야에 따뜻한 물을 받아 오물이 묻은 엉덩이를 씻기고, 말간 물이 나올 때까지 헹군 뒤 드라이어를…….

"이게 무슨 뻘짓인지 모르겠어요."

소란이 CCTV를 흘긋 노려보며 말한다. 천장에 달린 CCTV는 음성 녹음 기능이 없지만 소란은 불만 섞인 목소리를 낼 때마다 습관처럼 천장을 살핀다. 스페셜케어룸의 홈캠이 더 위험하지 않나. 나도 소란을 따라 홈캠을 슬쩍 건너다본다.

"요양원 노인분들도 대부분 머리칼이 짧지 않아요?"

가까스로 말린 루이의 털을 잡아 묶으며 소란이 말한다.

"그분들은 뭐 불행하지 않을 권리가 없나?

"적어도 동의는 받을 수 있잖아. 설득도 할 수 있고."

"소통이 어려운 사람도 많을 거 아녜요. 여기 있는 애들만 해도 셋은 귀가 먹었는데. 결국은 보호자 맘대로인 거죠. 루이한테 물어보면 엉덩이 털 따위 빡빡 밀어달라고 할걸요? 안 그래도 몸이 젖는 걸 싫어하는 애인데 매일 두 번은 목욕하는 셈이잖아요. 이게 훨씬 스트레스받는 일이라고요."

소란은 투덜대면서도 부드러운 수건으로 루이

의 얼굴을 닦고 귀 뒤를 문질러준다. 콧등에 생긴 부스럼에 연고를 바르자 루이가 소란의 다리 밑으로 얼굴을 파묻어 숨긴다. 엎드린 루이의 목덜미를 조물조물 주무르며 소란이 주위를 둘러본다. 남서향 건물이라 오후 햇빛이 실내 깊숙이 들어서 있다. 대부분의 개들이 잠들어 있어 사방이 조용하다.

"솔직히, 개가 못생겨지는 게 싫은 거잖아요."

소란이 말한다.

"개들의 행복이 어쩌고저쩌고 떠들어대도 결국은 생닭같이 볼품없어진 엉덩이를 보는 게 싫은 것뿐이잖아요. 개는 작고 예쁘고 귀여워야 하니까."

나는 더러운 물이 담긴 대야를 들고 욕실로 향한다.

외할머니의 취미는 비녀 수집이었다. 맹목적으로 수집을 한 건 아니고 적당히 수집한 것들을 정성껏 보관하고 곧잘 사용했다. 직업상 지방 출장이 잦은 삼촌이 가는 곳마다 특색 있는 비녀를 찾아 할머니에게 보내주곤 했다. 할머니는 장롱 안에 스웨이드 천을 겹겹이 깔고 비녀들을 보관했다. 비녀가 많아지자 목공방에 높이가 낮고 가로 길이가 긴 5단 수납함을 주문했을 정도였다. 납작하고 가느다란 비녀들은 수납함 안에, 잠두가 크고 화려한 것은 유리 장식장 안에 넣어두었다. 할머니는 보름에 한 번씩 비녀를 꺼내 짜임이 조밀한 부드러운 천으로 문질러 닦다 가만히 머리에 꽂아보곤 했다.

할머니 댁에서 지낸 한 달 동안 엄마는 할머니가 꽂는 비녀를 유심히 살폈다. 할머니는 숱이 많지도 적지도 않은 머리칼을 정확히 반으로 갈라 쪽머리를 한 뒤 그날 옷 색깔이나 기분에 맞춰 비녀를 꽂았다. 할머니가 검은 칠이 된 비녀나 유난히 얇고 끝이 구부러진 비녀를 꽂고 있으면 엄마는 전수미와 나를 데리고 밖으로 나갔다. 찜질방에 가든 영화를 보러 가든 온종일 밖에서 시간을 보낸 뒤 할머니가 잠든 뒤에야 집으로 들어갔다. 할머니가 푸른색 계열의 두꺼운 비녀를 꽂고 있으면 전수미가 거실에서 텔레비전을 보면서 아이스

100

크림을 퍼먹도록 내버려두었다.

할머니는 외출하는 곳과 목적에 따라서도 비녀를 달리 꽂았다. 나무나 뼈로 만든 비녀는 아무리 예뻐도 모아두기만 할 뿐 머리에 꽂지 않았다. 수납함에 든 대부분의 것들이 삼촌이 사다준 나무 비녀들이었다. 집에서는 은이나 옥으로 만든 비녀를, 동네에 잠시 마실 나갈 때는 산호나 비취로 된 비녀를 자주 꽂았다. 격식 있는 자리에는 금칠보 비녀를 꽂고 화사한 색의 한복을 입었다. 때에 따라 작은 새 모양 떨잠을 뒷머리에 꽂아 멋을 내기도 했다.

할머니는 도둑 때문에 집에 들어갈 수 없다는 엄마의 말을 곧이곧대로 믿었다. 우리 가족과 함께 지내는 동안 불평 한 마디 한 적이 없었다. 강퍅한 성미의 할아버지에게 오래 시달린 탓에 할머니가 어지간해서는 화를 내지 않는다고 말하면서도 엄마는 내내 할머니의 눈치를 보았다. 아침 일찍 일어나 화장실 바닥을 솔로 문질러 닦고 주방 환기구를 분해해 기름때를 벗겼다. 그러면 할머니는 커다란 솥에 오골계를 삶거나 묵은지김치찜을 만들어 상을 차렸다. 조심스럽고 예의 바른 동거는 그러나 한 달을 넘기지 못했다. 전수미가 할머니의 비녀 장식장을 깨버린 탓이었다. 아빠의 골프채로 마구 때려 부순 장식장은 처참한 꼴이었다. 거실 바닥이 유리 파편과 망가진 비녀들로 엉망이었다. 엄마가 사정할 틈도 없이 할머니는 그길로 우리를 쫓아냈다. 새집을 구할 때까지 우리 가족은 한 달가량 삼촌 집과 호텔 등지를 떠돌아야 했다.

그런 할머니가 요양병원에 들어가게 됐을 때 비녀를 챙겨 간 것은 당연한 일이었다. 할머니는 뇌졸중 후유증으로 오른손과 양쪽 다리를 쓸 수 없었다. 말을 하다가 얼굴이 버쩍 굳으면 반나절 동안은 풀리지 않았다. 혀를 좌우로 내두를 수는 있었으나 정교하게 움직여 말을 하는 건 무리였다. 해외에 완전히 정착한 삼촌은 할머니를 모셔 가지 못했고, 엄마 역시 전수미 때문에 할머니를 돌볼 여력이 없었다. 삼촌과 엄마는 의논 끝에 할머니를 요양병원에 모시기로 했다. 요양병원비는 삼촌이 내고 엄마는 주말마다 병원에 가 이것저것을 챙긴다는 조건이었다. 요양병원은 교통이 좋은 곳에 있었고 커다란 공원이 근처에 있어 산책하기 좋았다.

할머니의 짐은 단출했다. 세면도구와 슬리퍼, 수건 세 장과 보습로션이 전부였다. 화장지나 기저귀, 빨대 달린 물병 같은 것들은 병원 지하 매점에서 사면 된다고 했다. 엄마가 할머니 짐이 담긴 장바구니를 들었고 요양보호사와 직원들에게 돌릴 쿠키 상자는 내가 들었다. 휠체어에 앉은 할머니는 작게 싼 보따리 하나를 왼손으로 꽉 쥐고 있었다.

할머니는 딱 다섯 개의 비녀만을 챙겼다. 화려한 것은 금칠보에 나비 떨잠이 붙은 두꺼운 비녀가 유일했고 다른 것들은 모두 작고 단아했다. 평소엔 잘 하지 않던 흑단나무 비녀도 하나 끼어 있었다. 별다른 장식 없이 새까맣고 단단한 비녀였다. 삼촌이 출장지에서 이걸 사느라 기차를 놓쳤는데 놓친 기차가 탈선되어 한바탕 소동이 일었다는 얘기를 나는 여러 번 들었다. 할머니는 그것을 행운의 비녀라고 말했지만 내 눈에는 그저 까맣게

탄 누군가의 뼈처럼 보였다.

요양병원에 할머니가 입소한 날 밤, 요양보호사
가 엄마에게 전화를 걸어왔다.

"왜 이런 당연한 준비를 안 하셨을까요?"

요양보호사가 놀랍다는 듯 엄마에게 말했다.

"마침 내일이 요양원 이발 봉사 오시는 날이니
까 그때 잘라드릴게요."

"뭐를요?"

"뭐긴요, 어르신 머리카락이죠."

엄마는 거절했다. 요양보호사는 다음 날도, 다
다음 날도 전화를 걸었다.

"어르신은 죽어도 싫다고 하시는데, 이건 좋다
싫다의 문제가 아니세요. 보호자분이 딱 결정을
해주셔야지 환자 말에 휘둘리면 어쩌세요. 매일같
이 병상에 누워 계신 분이 비녀가 웬 말이에요?"

엄마가 계속 거절하자 요양보호사는 숫제 엄포
를 놓기 시작했다.

"생각을 해보세요. 비녀를 꽂고 앉아 있다가 자
리에 누울 때는 비녀를 뺐다가 재활치료 받으러
갈 땐 또 비녀를 꽂았다가, 그 번잡스런 일을 누가

104

하지요? 팔다리도 못 쓰시는 분이 치렁치렁 긴 머리를 하고 계시면, 그 치다꺼리는 어떻고요? 어르신 식사도 챙겨야 하고 혈압도 재야 하고 기저귀도 갈아야 하고 목욕도 시켜드려야 하고 재활치료실도 모셔 가야 하고 요 앞을 잠깐 산책한다 쳐도 그 준비만 한나절인데, 저더러 이 긴 머리까지 감기고 말리고 빗고 땋고 하란 말씀이세요? 저한테 너무하시는 거 아니세요? 이런 식이면 저, 어르신 못 돌봐드려요."

실랑이가 계속되자 요양병원 실장이라는 사람이 전화를 걸어왔다. 그는 대뜸 비녀 같은 위험 물품을 왜 몰래 반입했느냐고 따져 물었다.

"이렇게 길고 뾰족한 물건으로 남을 공격하거나 스스로를 다치게 하면 어쩌려고 이러십니까?"

"저희 어머니는 팔도 다리도 못 쓰세요."

엄마가 항변하자 실장은 한심하다는 듯 혀를 찼다.

"넘어져서 눈이라도 찔리면, 그땐 우리가 환자 관리를 소홀히 했다고 고소하실 거 아닙니까?"

한 달 만에 요양병원에 가보니 할머니 머리칼이

짧게 잘려 있었다. 할머니는 시무룩한 얼굴로 침대에 앉아 세수를 하다 엄마와 나를 향해 눈을 끔벅였다. 침대 간이테이블에 플라스틱 대야가 놓여 있었다. 할머니 목에 수건을 둘러놓았는데도 흘러내린 물에 환자복 앞섶이 흠뻑 젖어 있었다. 요양보호사가 재빠른 손길로 할머니 얼굴을 마저 씻겼다. 귀 언저리와 구레나룻에 남은 비누 거품을 말끔히 걷어낸 뒤 수건으로 톡톡 찍어 물기를 닦았다.

"이렇게 하니까 얼마나 훤하고 이쁘세요, 우리 어르신이 여기서 제일 미인이시지."

요양보호사가 넉살 좋게 말했다. 엄마가 비닐봉지에서 멜론을 꺼내자 얼른 대야를 치우고 테이블을 닦았다. 수박과 곰돌이 모양이 아기자기하게 새겨진 턱받이를 꺼내 할머니 목에 두르는 손동작이 군더더기 없이 야무졌다.

"젖은 옷은 멜론 드신 다음 갈아입으세요, 응?"

화장실로 들어간 요양보호사가 오래도록 물소리를 냈다. 엄마는 나무 접시에 멜론을 올려놓고 반으로 갈랐다. 속을 긁어내자 너무 익어 비릿해진 단내가 병실 가득 번졌다.

"사람 구하기가 좀 힘들어야지."

집으로 돌아가는 길에 엄마는 변명하듯 말했다. 좋은 보호사 만나기가 하늘에 별 따기라고, 저분은 그래도 일머리가 있고 성격도 뒤끝 없이 호쾌해서 할머니가 고생하진 않을 거라고 중얼중얼 말했다. 나는 실장이 압수해 보관해두었다던 할머니의 비녀 보따리를 오른손에 쥐고 걸었다. 헐거워진 보따리가 이리저리 흔들렸다. 엄마와 나는 검고 얇은 뼈들이 다각대는 소리를 들으며 나무 그늘이 드리운 외길을 걸었다. 주차장까지 가는 동안 아무와도 마주치지 않았다. 집에서 풀어본 보따리 안에는 금칠보 비녀를 제외한 네 개의 비녀만이 들어 있었다.

6

　오팔은 항상 기대에 찬 얼굴이다. 크고 새까만 눈이 힘차게 반짝인다. 소리에 예민하고 자신에게 다가오는 기척에 집중할 때는 숨을 멈춘다. 코앞에 손을 갖다 대면 잘 움직이지 못하는 머리 대신 혀를 길게 빼서 확인한다. 함부로 핥지는 않고 부들부들 떨리는 혀끝으로 냄새를 맡듯 주변을 더듬는다. 전신마비라고 해도 아예 못 움직이는 것은 아닌 듯 몸을 움찔댈 때 왼다리가 덜렁 들리거나 꼬리가 조금 흔들리기도 한다. 오팔은 소란과 내가 지나다닐 때마다 부담스러울 정도로 우리를 주시한다. 다가와주기를, 자신에게 다가와 이마를 쓰다듬거나 다리를 만져주기를, 배를 문질러주기를 바라는 눈빛이다.

"저런 개는 처음이라."

소란이 난색을 표한다.

"여기 개들은 좀 무기력하잖아요. 저렇게 열렬한 개는 심바 이후로 처음이네요."

그러나 심바는 자신의 보호자들에게만 열렬할 뿐 소란과 내게 저런 식의 기대하는 눈빛을 보내지는 않는다.

소란은 오팔의 자리를 건너뛰거나 조금씩 돌아서 지나가기 시작한다. 소란이 순정의 주담당자였으니 후임 격인 오팔을 소란이 담당해야 했으나 소란은 슬그머니 내 담당인 누룽지의 차트를 빼 간다. 업무용 핸드폰으로 누룽지 사진을 정성껏 찍어 보호자에게 보낸다. 주담당 부담당이라고 구분해봤자 보호자 응대의 책임만 더해질 뿐 하는 일이 달라지는 게 아닌데도 그런다.

나는 오팔 근처를 맴돈다. 오팔을 가운데 자리로 옮기고 곁을 지날 때마다 한 번씩 오팔의 다리를 움직여준다. 주둥이를 닦아주고 목덜미를 가만가만

쓸어준다. 처음엔 그저 통통하다고 생각했던 몸통이 의외로 근육질이라, 한쪽 다리를 들어 올리면 허벅지 안쪽과 배로 연결된 소근육들이 울근불근 따라 움직인다. 나는 그런 것들을 어쩐지 넋을 잃고 본다. 불에 녹은 마시멜로처럼 부드럽고 무른 살들만 매만지다 오팔에게 오면 나를 튕겨내는 것 같은 단단한 근육조직이 새롭고 반갑다. 그동안 나는 이런 것들과, 그러니까 살아 있는 것 탄력 있는 것들과 너무 오래 떨어져 있었다는 사실을 깨닫는다.

"너무 정 주지 마요."

소란이 익숙한 말을 내게 건넨다.

스스로 생각하기에도 오팔을 돌보는 시간이 지나치게 길다. 나는 오팔의 뒷다리를 잡고 자전거 타는 모양으로 천천히 둥글린다. 다리를 움직일 때마다 볼록해지는 근육을 구경하며 뒷다리 근육이 단단해질 때까지 계속한다. 개들의 식사를 챙기고 한차례 배변 타임을 갖고 나서 나는 다시 오팔에게 간다. 턱 아래부터 배 밑까지 이어지는 분홍 살들을 제법 힘주어 문지른다. 엄지손가락으로 살갗을 주욱 밀어주고 작은 원을 그리듯 주변을 동글

동글 문지른다. 아무리 문질러도 오팔의 근육이 소실되는 것을 막긴 어려울 것이다. 오팔의 배와 다리는 점점 말랑하고 부드러워진다. 식이 조절로 체중이 줄면서 배가 납작해지고 거죽이 겉돈다.

"오팔이만 그렇게 붙들고 있으면 클레임 들어와요."

소란이 CCTV를 쳐다보며 말한다. 보호자들이 천장에 달린 CCTV를 실시간 확인 가능한 것으로 교체해달라는 요구를 했다고, 동물병원 직원이 얼마 전 화를 내며 말했다. 실시간으로 보고 싶으면 돈을 더 내면 되잖아요? 실시간 확인 및 소통은 스페셜케어에만 있는 항목이라고 아무리 설명해도 막무가내인 거 있죠. 직원은 내심 분한 얼굴이었다. 예약 없이 평일에 불쑥 들이닥치는 보호자가 늘어난 것을 보면 어디서 일이 터진 모양이라고 소란이 대꾸했다. 애견카페가 들썩이면 꼭 그 여파가 여기까지 오더라고요. 실제로 반려동물훈련소의 동물학대사건 관련 보도가 여기저기서 나왔다. 전에 없이 보호자들의 면회 횟수가 늘었고, 개들은 기뻐했다.

"순정이도 자주 안아줬잖아."

"순정이는 스페셜이었잖아요. 프리미엄 서비스."

소란이 얼굴을 찌푸린다. 순정이 있던 스페셜케어룸을 잠시 바라보다가 준비실로 들어가버린다.

구 원장은 다른 개와 함께 화장한 순정의 유골을 어떻게 했는지 알려주지 않았다. 소란이 화장비용 중 일부를 부담해서라도 유골을 돌려받고 싶다고 말하자 구 원장은 소란 씨가 왜요?라고 물었다. 소란 씨는 센터에 고용된 직원이지 그 개 보호자는 아니지 않습니까. 그게 다 주제넘단 소리잖아요. 소란은 2층으로 올라와 그렇게 말하며 조금 울었다. 세수를 하고 차가운 녹차를 벌컥벌컥 들이켠 다음 바닥에 깔린 담요를 죄다 걷어 세탁기에 돌렸다. 소란은 거대한 크기의 이불용 건조대를 1층 원장실 창문 앞에 설치했다. 정원을 내다볼 수 있는 창문들 앞을 전부 다 담요로 뒤덮은 뒤 다음 날까지 걷지 않았다.

*

"도통 안 오네요."

소란이 드물게 다가와 오팔을 쓰다듬는다. 오팔이 몸을 씰룩이며 기뻐한다. 주변을 빙글빙글 돌거나 펄쩍 뛰어오르거나 꼬리를 격렬히 흔드는 게 아닌데도 알 수 있다. 오팔이 기뻐하는 것을. 몸을 움직이지 못한다고 해서 감정까지 굳어버리는 건 아니니까. 오팔은 힘차고 솔직한 개니까 끊임없이 기대하고 실망하고 다시 기대한다. 누릴 수 있는 아주 작은 것에 기뻐하지만 오팔이 정말로 원하는 것은 소란이나 내가 아니다.

"가엾게."

소란이 오팔의 정수리를, 귀 뒤를, 턱 아래와 앞다리 사이의 말랑한 살들을 쓰다듬는다. 입소한 지 석 달도 넘은 지금 오팔의 몸에서는 근육을 찾아보기 어렵다. 나는 이제 오팔과 있는 시간의 대부분을 근육의 흔적을 더듬는 데 쓴다. 오팔의 다리를 아무리 움직여도 오팔의 배와 등은 꼼짝도 하지 않는다. 온몸이 분리된 것처럼 각자 덜렁인다. 소란이 오팔의 앞다리를 잡아 들여다보더니 발톱 깎아줘야겠네요, 하고 자리에서 일어선다. 발톱가위를 가져오면서 소란은 습식 캔을 하나 챙

겨 올 것이다. 오팔이 좋아하는 고구마와 소고기
가 적당히 섞여 있는 것으로. 소란은 그런 사람이
다. 다정다감하고 먹을 것에 후하다.

호언장담했던 것과 달리 남자는 좀처럼 오지 않
는다. 그럴 수밖에 없다. 쿠팡 물류센터에서 풀타
임으로 일한다는 건 그런 거니까. 이상한 구조로
적재된 상품들 때문에 환기조차 제대로 되지 않는
곳에서, 끝없이 쏟아지는 PDA의 지시와 협박에
가까운 관리자의 경고 속에 쉬는 시간도 없이 몸
을 움직이다 보면, 외부 온도보다 15도쯤 더 덥거
나 10도쯤 더 추운 실내에서 여기 왔을 땐 이 정도
각오는 하고 온 것 아니냐, 다 알고 오지 않았냐,
이기죽대는 소리나 듣고 있다 보면 불쑥, 죽고 싶
어지는 곳이니까. 도망쳐야겠다는 생각조차 너무
피로해서 들지 않고 그저 여기 폭 엎어져 딱 10분
만 잤으면 좋겠다고 생각하게 되는 곳이니까.

간신히 일을 끝내고 나면 머리가 돌덩이처럼 무
거웠다. 음식을 씹을 때마다 목뒤가 뻣뻣해지고
두통이 일었다. 신체적 고통은 오히려 참을 만했
다. 참으려면 어떻게든 참을 수 있었다. 진통제와

압박 밴드, 뿌리는 파스와 붙이는 파스를 아낌없이 사용하면 몸은 그럭저럭 움직였다. 문제는 마음이었다. 물류센터에서 일하는 동안 나는 다른 누구도 아닌 나를 견뎌야 했다. 존중받고 싶어 하는 나를, 조금이라도 인간적인 대우를 받고 싶어 하는 나를 기를 쓰고 찍어 눌러야 했다.

나를 무시하는 것.

나를 함부로 대하는 것.

손쉽게 나를 짓이기는 사람들의 말과 행동을 적극적으로 묵인하는 것.

몸이 버티는 동안에는 마음이 지옥이었고 마음을 억누르자 그에 대한 반동처럼 어깨 인대가 끊어졌다. 어느 쪽이든 내가 망가져야만 끝나는 일상이었던 것이다.

모든 순간을 기어코 견뎌 모은 돈으로 작은 전셋집을 얻었을 때 내가 얼마나 기뻤더라. 치료비 한 푼 못 받고도 쿠팡을 원망하지 않을 만큼 안도했었지. 방 하나에 화장실, 반쪽짜리 거실이 딸린 낡은 빌라를 어떻게 아늑하게 꾸며볼까 몇 날 며칠 인터넷을 검색했다. 세모꼴의 길쭉한 잎을 가진 식물 화분 세 개를 창틀에 올려두었을 땐 엄마와 아빠를 용서하고 싶은 마음까지 들었다. 인간은 어떻게든 살아내고 마는구나, 인간이기를 잠시만 포기하면 어떻게든 다시 인간다운 곳으로 기어오를 수 있구나, 그런 말도 안 되는 생각을 하며 스스로를 기특해했다.

그리고 어찌 되었나.
인간은 어떻게든 다른 인간에게 지옥을 선물한다는 걸 알게 되었지.

나는 소란이 가져다준 가위로 오팔의 발톱을 도각도각 자른다. 내친김에 다른 개들의 발톱도 일일이 들춰 본다. 바스러지는 발톱은 조심스레 갈아내고 단단한 발톱은 혈관이 뻗지 않는 지점까지 바짝 깎는다. 내 손등을 꽉꽉 깨무는 심바의 발톱도 전부 깎은 뒤 끝부분을 그라인더로 부드럽게 간다. 개들은 짖거나 무는 즉각적인 행동이 전부다. 음험한 마음을 손안에 눌러 쥐고 모르는 척 상대를 떠보지 않는다. 허리 뒤춤에 칼을 꽂아두고

도 악수하자며 손을 내밀지 않는다.

전세 사기를 당한 뒤 나는 집으로 돌아갈까 고민했었다. 이 정도 지옥을 건너왔으니 이제 전수미 따위는 아무것도 아니지 않나 싶은 생각 때문이었다. 취업 준비를 해도 면접장에서 내게 주어지는 건 모욕적이고 치졸한 질문들이었다. 나는 가장 낮은 곳에서 일하고 제일 먼저 무시당하고 항상 크게 다쳤다. 급여의 상당 부분을 떼어먹히고 손쉽게 교체당했다. 그래도 나는 매일같이 노력했다. 전수미와 살면서 유일하게 배운 것은 그것뿐이었으니까. 3월에는 벚꽃을 9월에는 보름달을 12월에는 크리스마스트리를 그려 넣는 마음으로 악착같이 살았다. 악착같이 버티는 사람이 제일 참담하게 부러지는 줄도 모르고.

나는 전수미에게서만 벗어나면 모든 게 괜찮아질 줄 알았다. 그러나 가는 곳마다 전수미가 있었다. 나는 세상 모든 곳의 뒷면이었다. 온 세상이 내게 전수미였다.

—오팔이 보호자 오셨어요!

아래층에서 울린 콜로 정신이 번뜩 든다. 나는 서둘러 오팔의 얼굴을 닦는다. 눈곱이 있는지 확인하고 주둥이께를 부드러운 티슈로 톡톡 찍어낸다. 남자는 한참 만에야 2층으로 올라온다. 느릿느릿 무거운 걸음이다. 오른 다리를 조금 절뚝이는 것도 같다. 샛노란 얼굴에 눈 밑이 새까맣고 입술은 색이 없다. 물류센터에서 매일 마주치던 얼굴들이 저랬다. 모든 것이 과도한 얼굴. 노동시간도 노동의 양도 노동의 피로도도 과도해 삶에 질린 얼굴이었다.

이곳에 있는 어떤 개들보다 무기력해 보이는 얼굴로 남자는 오팔의 앞에 앉는다. 오팔아. 오팔은 온몸과 온 마음으로 춤추고 있다. 그런 오팔의 몸에 남자의 손이 툭 얹어지고는, 그대로 멈춘다.

―괜찮으세요?

나는 남자에게 오렌지주스를 내준다. 보호자들에게 가벼운 음료를 대접하는 건 이상한 일이 아니다. 쿠팡에서 일하던 시절 나는 시고 단 것들을 찾아 헤맸다. 혀가 저릿해지도록 시고 침이 끈적해지도록 단것들을 와구와구 먹었다. 과일은 너무

118

비싸니까 희석해서 마시는 오렌지주스를 대용량으로 사다놓고 벌컥벌컥 마셨다. 시고 단 것을 먹고 땀을 뻘뻘 흘리며 자고 일어나면 조금은 살 만해졌다. 나는 남자에게 100퍼센트 오렌지주스를 내줄 수 있어 다행이라고 생각한다. 남자는 느릿느릿 오렌지주스를 마시고 그보다 더 느릿느릿 오팔을 쓰다듬는다. 오팔이 혀를 길게 뻗어 남자의 주변을 더듬는 것을 눈치채지 못한다.

"피곤해 보이시는데 댁에서 쉬시지 않고요."

"원장님도 똑같이 말씀하시던데."

"원장님을 만나셨어요?"

"네, 방금 올라오다가요."

남자가 오팔의 목덜미를, 어깨부터 꼬리까지 이어지는 긴 능선을, 부쩍 가늘어진 다리를 쓰다듬는다. 오팔을 쓰다듬는 동안 남자의 손에 조금씩 힘이 붙는다. 남자는 더 꼼꼼하게 오팔을 쓰다듬고 더 정성껏 다리를 문지른다. 부서질 것처럼 주저앉아 있던 남자의 몸이 조금씩 바로 잡힌다. 남자가 오팔과 눈을 마주하고 허공을 헤매는 오팔의 혀에 손가락을 대준다.

"많이 힘드냐고 물으시더라고요."

"누가요?"

"원장님이요."

나는 그 자리에 멈춘다. 남자는 오팔을 들여다 보느라 내가 멈춘 줄도, 한 잔 더 내주려던 오렌지 주스를 바닥에 흘린 줄도 모른다. 오팔만이 뒷다리를 조금 떨고 있다.

"쉬는 날도 없이 일하는 거 아니냐고 걱정해주시던데요. 안 그래도 다음 주 금토일은 내리 쉴 작정이라고 말씀드렸어요. 정말 어렵게 뺀 휴일이라고요."

오팔의 곁에서 남자는 점점 더 또렷해진다. 오팔의 몸을 마사지하고 뒷다리를 규칙적으로 잡아 늘리고 밀어 넣는다. 리드미컬한 움직임 때문에 오팔이 옆으로 누워 달리기라도 하는 것 같다. 내내 꼼짝 않던 오팔이 남자 쪽으로 머리를 조금 들어 올린다. 귀를 한껏 뒤로 젖히고 코를 찡긋댄다.

금요일에 오는 전화는 받지 말아요.

나는 남자에게 그렇게 말하는 상상을 한다. 그러나 현실의 나는 입을 꼭 다물고 미적대고만 있다. 나는 오팔의 근처를 서성이던 때처럼 남자의 주위를 서성인다. 남자의 얼굴이 아까보다 훨씬 생기 있어진 것을 보고 나는 결심한다.

"저기."

남자는 오팔을 안아 올리려 애쓰고 있다.

"저기, 금요일에 말이에요."

남자가 의아한 얼굴로 나를 돌아본다. 다음 금요일에 병원에서 오는 전화는 받지 말아요. 절대 받으면 안 돼요. 나는 그렇게 말할 참이었다. 구 원장은 개들의 임종을 반드시 보호자들이 지켜보게 했다. 보호자에게 충분한 이별의 시간을 주고 장례 절차에 대해 논의했다. 그러니 금요일에 남자와 연락이 닿지 않으면 구 원장은 오팔을 포기할 것이다.

"금요일이 왜요?"

남자가 내게 묻는다. 금요일 전화는, 거기까지 말했을 때 차가운 손이 내 등에 닿는다. 소란이다.

"보호자님. 오늘 오팔이 산책시키실 건가요? 정원에 가실 거면 준비를 해야 해서요."

소란이 상냥하게 묻는다. 남자가 고개를 끄덕이

자 소란은 나를 끌고 준비실로 들어간다. 그건 아니죠. 소란이 조금 전과 완전히 다른 목소리로 내게 말한다. 위험한 목소리를 내면서도 손은 담요와 돗자리, 휴대용 물그릇을 챙기느라 바쁘다.

"언니가 어떤 개를 편애하든 난 신경 안 써요. 하지만 이건 다르죠."

소란이 나지막하게 내게 경고한다.

"반칙하지 말아요."

*

"요즘 보호자들과의 소통을 활발히 하고 계신다고요."

구 원장이 심드렁하게 말한다.

"물론 그게 우리 돌봄센터의 자랑이긴 합니다. 일주일에 3회 이상 사진과 영상을 보내주고 개들의 근황을 꼬박꼬박 문자로 안내해주고 있으니까요. 업무가 과중하다고 느끼실 수도 있을 텐데 적성에 맞는 모양입니다."

"열심히 하고 있습니다."

"보호자들에게 면회를 자주 오시라 권한다고요."

구 원장이 주삿바늘을 코찡이 목덜미 깊숙이 밀어 넣는다. 코찡이는 바짝 움츠러들어 입을 반쯤 벌리고 있다. 주사액이 골고루 퍼지도록 목덜미를 힘주어 문지른 뒤 구 원장은 코찡이의 입안과 코, 귓속을 살핀다.

"클레임이 들어왔습니다. 면회를 못 가는 덴 각자의 사정이 있는 건데 압박하는 것처럼 느껴졌다고요. 우리가 보호자에게 연락을 하는 건 필수지만 보호자가 면회를 오는 건 필수가 아니잖습니까."

"걔들이 보호자를 너무 기다려서요, 저도 모르게."

"자기도 모르는 일은 하는 게 아닙니다."

나는 알고 있는 일을 했다. 구 원장이 주기적으로 데스크에 확인하는 걸 알고 있으니까. 돌봄센터 미수금은 없는지, 추가금에 대해 불만을 토로한 보호자는 없는지, 가장 자주 면회 오는 보호자는 누구이고 가장 오랫동안 면회를 오지 않은 보호자는 누구인지 구 원장이 일일이 확인한다는 걸 알고 있으니까.

"돌봄센터 직원 고용의 첫 번째 원칙이 뭐였는지 아십니까?"

"집이 가까운 사람이요?"

"절박한 사람."

구 원장이 잠시 손을 멈춘다.

"나는 상황이 절박한 사람을 우선해 채용했습니다. 하림 씨는 보육원에서 이제 막 자립한 참이라 잘 곳이 없었습니다. 독립 자금이 부족하니 여럿이 함께 방을 구했는데 방이 너무 작아서 꼭 한 명이 신발장으로 밀려 나가야 했다더군요. 야간근무를 몹시 기꺼워했습니다. 낮에 혼자 잘 수 있다면서요. 소란 씨는 자신이 가장 역할을 해야 한다고 말했습니다. 사진관 수입이 한 달에 100만 원이 채 안 된다고 했던가. 그걸로는 아버지 인슐린을 사는 것도 버겁다고 하더군요. 소란 씨가 주기적으로 신장투석을 받아야 하는 환자라는 건 알고 있습니까? 면접 때 그러더군요. 본인이 뚱뚱한 건 게을러서가 아니라 질병 때문이라고요. 수영 씨는 전세 사기 피해자라고 했지요. 집이 경매로 넘어간 다음에야 피해 사실을 알게 됐다고요. 집주인

이 세입자들에게 해먹은 돈만 78억이라고 했던가
요? 전세금을 돌려받긴 요원해 보이는데 어떻게,
빚은 갚을 만해요?"

모욕을 당한 탓에 얼굴이 뜨거워진 채로 나는
숨을 참는다. 반박할 말이 없는 탓이다. 하림과 소
란의 개인사를 알게 된 것도 당혹스러운데 소란을
오해해 비난했던 순간까지 떠올리자 부끄러움을
견디기 어렵다.

"절박한 사람을 채용했다고 생각했는데, 수영
씨는 그냥 오지랖이 넓은 사람이었군요."

"……"

"알고 있습니까? 오지랖이 넓은 사람은 쉽게 비
난당합니다. 순진한데 오지랖까지 넓은 사람은 항
상 최악의 결과를 가져오죠."

"저 그렇게 세상 물정 모르는 바보 아니에요."

구 원장이 거즈로 돌돌 만 핀셋을 코찡이의 귀
안쪽 깊숙이 밀어 넣는다. 귓바퀴가 젖혀진 채 머
리통을 꽉 잡힌 코찡이는 혀만 빼물고 있을 뿐이
다. 혓바닥 곳곳에 전에 없던 보라색 반점이 찍혀
있다.

"그래요? 내 눈에는 순진해 보이는데."

갈색의 이물질이 덕지덕지 묻어난 거즈를 떼어 버리고 새로운 거즈를 핀셋에 감으며 구 원장이 말한다.

"가끔 보면 수영 씨는 소란 씨보다도 더 어리숙한 면이 있어요."

핀셋이 아까보다 깊이 들어갔는지 코찡이가 작게 으르렁댄다. 구 원장은 몇 번이고 방향을 바꿔 코찡이 귓속을 깨끗이 닦아낸 뒤 말한다.

"정말 그렇게 생각합니까?"

"뭐를요?"

"보호자들이 정말로, 아무것도 모를 거라고 생각해요, 수영 씨는?"

구 원장이 낮게 웃는다. 예방접종과 기본검진을 끝낸 코찡이를 자신의 가슴께로 끌어당겨 엉덩이를 토닥거린다. 믿기지 않을 만큼 선량한 손짓이다.

"그런 사람들이 있어요. 직접 방아쇠를 당기지 않았다는 사실만으로 자기합리화에 성공하는 사람. 몰랐다는 변명으로 자기 자신을 방어하는 사람. 그래도 어쩌겠어요? 그게 인간들의 일인데요.

126

나는 말입니다. 반려동물도 가족이라는 말이 세상에서 제일 같잖은 소리라고 생각해요. 의사결정권도 선택권도 권리행사능력도 없는 게 무슨 가족인가요. 개들이 짖거나 물건을 부수면 인간들은 아무렇지 않게 개를 내다 버립니다. 개가 이웃을 물기라도 하면 세상 합당한 이유를 찾았다는 듯 안락사시켜요. 그저 시간이 흘러 개가 늙었을 뿐인데도 인간들은 억울해합니다. 개한테서 악취가 난다고, 털이 빠지고 피부병이 생겨 흉측해졌다고, 돈이 많이 든다고 화를 내요. 세상에 그런 가족이 어딨습니까."

구 원장이 내게 코찡이를 넘긴다. 가랑이 사이로 말려 들어가 있던 코찡이 꼬리가 힘차게 위로 솟는다. 나는 잠자코 코찡이를 안고 있다.

"여기 찾아오는 사람들은 좋은 보호자입니다. 그분들이 자신은 책임을 다했다고 자만할 수 있도록 내버려둬요. 주제넘게 굴지 말고."

구 원장이 원장실 문을 가리키며 나가보라고 손짓한다.

7

　재판은 지지부진하게 이어지고 있다. 공소장이 계속 변경되고 낯선 절차들이 반복된다. 전수미는 재판 내내 어쩔 수 없는 일이었다고만 말한다. 자신은 도무지 알 수 없는 일이었다고, 누가 그런 상황을 짐작이나 했겠느냐고 되묻는다. 전수미의 변호사도 얼굴을 한껏 찌그린 채 호소한다. 죽겠다고 작정한 사람을 누가, 무슨 수로 말릴 수 있겠습니까? 그건 인간이 어찌할 수 있는 일이 아닙니다. 전수미의 변호사는 점점 전수미와 닮아간다. 그 반대일지도 모른다. 둘은 동일한 방식으로 억울해하고 동일한 논리로 뻔뻔해진다.

전수미가 죽인, 정확하게는 죽도록 내버려두었거나 죽음에 이르도록 협조한 노인은 모두 두 명이다. 석 달 전 요양원에서 실종된 뒤 이틀 만에 발견된 노인을 검사 측은 전수미가 의도적으로 방치해 사망케 했다고 주장하고 있다. 상당수의 경찰 인력이 수색에 참여했음에도 노인은 사망한 뒤 발견됐다. 그것도 실종 지점과 몹시 가까운 곳, 수풀과 억새가 심하게 우거져 있는 요양원 건물 뒤편 수로 안에서였다. 경찰은 노인이 수로 깊은 곳까지 파고들어가 발견하기 어려웠다고 말했다. 수로 바닥에 물이 고여 있어 6월의 따뜻한 날씨에도 불구하고 저체온증이 급격히 진행되었을 거라고도 했다. 야산과 맞닿아 있는 요양원 건물 뒤편은 철제 울타리로 빙 둘러쳐져 있었다. 폭우로 지반이 내려앉으면서 울타리 하나가 기울어졌고, 들짐승 한 마리가 간신히 드나들 수 있을 정도의 작은 틈이 생겼다. 우연히 거기로 빠져나간 노인이 억새로 가려진 수로로 추락한 뒤, 저체온증으로 사망에 이른 안타까운 사고다. 이것이 이전 수사에 참여한 경찰의 결론이었다.

그러나 검사는 요양원 CCTV 기록을 방조의 증거로 제시했다. 전수미가 요양원 건물 뒤편을 몇 번이나 기웃거리는 장면이었다. 검사는 이탈과 추락은 노인의 실수가 맞겠으나 전수미가 노인을 발견한 뒤 적극적으로 구호 조치를 취하지 않아 노인이 사망했으니 사건을 새로이 다투어야 한다고 주장했다. 화면 속에서 전수미는 길도 나 있지 않은 언덕을 빠르게 올라 경사진 곳에 우뚝 서 있었다. 노인에 대한 수색작업이 한창 이루어지던 때로 경찰들이 요양원에 인접한 낮은 능선의 야산과 마을로 이어지는 농로를 샅샅이 뒤지고 있을 때였다. 전수미는 수로 쪽, 정확히는 노인이 빠져 있는 바로 그 지점을 향해 상체를 돌린 채 아래를 응시했다. 공교롭게도 노인의 사고 현장은 CCTV 사각지대라 찍히지 않았다. 어딘가를 주시하는 전수미의 모습만이 화면 속에 선명했다. 전수미는 고양이 소리 같은 것이 들려 잠시 고개를 돌렸을 뿐 노인은 본 적도 없다고 항변했다. 그러나 전수미는 한 시간 뒤에도, 세 시간 뒤에도, 다음 날 출근길에도 바로 그 자리에 서서 수로를 바라보았다. 수로

쪽으로는 한 걸음도 옮기지 않은 채 오로지 바라
보기만 했다.

심증만 있는 사건이므로 어렵지 않게 무혐의 처
리될 거라고 변호사는 말한다.

"검사 측이 이걸 물고 늘어지는 데는 다른 이유
가 있어요."

변호사가 쩟쩟, 혀를 차는 동안 엄마는 불안한
얼굴로 아빠의 손을 움켜쥔다. 예전 차 문에 낀 손
을 방치한 탓에 뼈가 잘못 붙은 아빠의 손은 엄지
가 손바닥 안쪽으로 미세하게 굽어 있다.

"전수미 씨가 얼마나 믿을 수 없는 인간인가, 얼
마나 수상쩍은 인간인가를 판사 머릿속에 심어두
려는 겁니다. 전수미 씨가 언제든 악의를 가지고
노인을 살해할 수 있는 인간이라고 믿게끔 소위
밑작업을 해두는 거예요."

살해라는 말에 아빠의 얼굴이 뻣뻣하게 굳는다.

"게다가 전수미 씨한테는 불리한 기록이 너무
많아요. 이게 다 뭡니까, 폭력 전과에 절도에 사기
에. 우리에게 유일한 승산은 아무 증거가 없다는
거, 그거 하납니다. 근데 우리나라처럼 증거재판

주의인 나라에서는 이게 또 절대적이기도 하거든
요. 검사 측도 고의성을 입증할 방법이 없으니 심
리전으로 압박하는 겁니다. 문제는 백현기 씨 사
건인데."

변호사가 나를 돌아본다.

"사건이 있던 날 동생분이 전수미 씨와 통화했
다고 했죠?"

엄마와 아빠가 나를 돌아본다.

"전수미 씨는 이렇게 주장하고 있습니다. 사건
이 있던 날은 하루 종일 고무장화를 빠는 격무로
지쳐 있었고, 야간근무를 하는 동안도 자꾸 잠이
와서 곤란했다고요. 잠에서 깨보려고 동생과 통화
를 했다, 화단에 누가 고수를 심어서 지나갈 때마
다 겨드랑이 냄새가 난다, 와 같은 시답잖은 대화
를 나누었지만 잠에서 깨진 못했다. 결국 전화를
끊은 뒤 탈의실에서 잠들었고, 새벽에 잠에서 깨
서둘러 환자들을 살피러 가보니 백현기 씨가 죽어
있었다. 맞습니까?"

"뭐가요?"

"전수미 씨의 주장이 맞느냐고요."

나는 입을 다문다. 전수미의 말은 사실이지만 상당히 많은 부분이 누락되어 있다. 전화를 끊은 뒤 전수미가 잠들었는지 아닌지도 나는 알 방법이 없다. 그렇다고 전수미와 나눈 대화가 저것과 완전히 다르냐고 하면, 그것도 아니다.

"이 애매한 태도 이거 뭡니까?"

변호사가 짐짓 화를 낸다.

"동생분, 언니가 살인자가 되면 좋겠어요?"

백현기는 요양병원 침대 팔걸이에 빨랫줄을 묶어 목을 매 자살했다. 최초 발견자는 전수미로 백현기가 침대 아래로 다리를 뻗은 채 반쯤 눕듯이 매달려 있는 것을 발견해 의료진을 호출했다. 의료진의 신고를 받은 경찰이 현장을 점검한 뒤 전수미를 살인 용의자로 지목했다. 백현기 사망 당일 전수미는 야간근무자였음에도 불구하고 자정부터 새벽 네 시까지 백현기의 병실에 한 번도 들어가지 않았다. 자정에서 새벽 한 시 사이는 백현기의 사망 추정 시간으로, 전수미는 11시 50분께 백현기의 혈압을 재러 병실에 들어갔다. 검찰은 전수미가 그때 이미 목을 맨 백현기를 발견했을 거라고, 심지어 발견 당시에 백현기는 살아 있었을 가능성이 높다고 주장했다. 수로에 빠진 노인의 경우처럼 전수미의 무죄를 주장하려던 계획은 의외의 증거 때문에 일그러졌다. 국과수 조사 결과 백현기가 목을 맨 빨랫줄에서 전수미의 박탈된 피부 조직이 검출된 탓이었다. 전수미는 백현기를 발견한 직후 어떻게든 줄을 풀어보려 노력했기 때문에 땀이나 피부 조각이 빨랫줄에 남은 거라고 주장했다. 그러나 조직이 발견된 곳은 빨랫줄의 매듭 안쪽, 직접 매듭을 지은 사람이 아니라면 접촉할 수 없는 단면이었다. 빨랫줄은 마땅한 증거였지만 완벽하진 않았다. 의료진이 도구를 이용해 빨랫줄을 끊어내는 과정에서 너무 많은 변형과 오염이 이루어졌기 때문이었다.

"전수미 씨가 노인들을 죽일 이유가 없잖아요. 동생분, 안 그래요?"

나는 말을 아낀다. 변호사는 전수미의 기록에 남아 있는 그 수많은 폭행과 기물 파손들이 전부

다 이유 있는 행동이었다고 믿는 걸까. 나는 전수 미와 변호사가 시답잖은 대화라고 정의 내린 전수 미와의 대화가 도무지 시답잖지 않다. 나는 전수 미가 했던 말들을 정확히 기억하고 있다. 내가 지 극히 안정적인 상태였다는 걸 증명해야 하니까. 전수미는 그렇게 말했다. 당시에는 전수미가 자살 의 증인으로 나를 선택했다고 생각했지만 지금은 아니다. 자살은 아무것도 증명할 필요가 없다. 게 다가 전수미는 말했다. 낡은 것, 오래된 것, 썩은 것. 도망칠 수 없게 입구를 꽉 묶었어. 그리고 이렇 게도 말했지. 오래된 사람도 장화처럼 몰래 내다 버릴 수 있다면 좋을 텐데.

변호사는 나를 증인에서 배제했다. 검찰 측에서 요청해도 절대 응하지 말라고 몇 번이나 당부한 다. 참고인 조사에서 해도 되는 말과 해서는 안 되 는 말을 거듭 숙지시킨다. 가족이란 그런 게 아니 잖습니까, 동생분. 변호사는 어쩐지 나를 설득하 려 애쓰는 얼굴로, 그러나 짜증을 감추지 못한 채 말한다.

"부모님 생각을 좀 하세요. 지금까지도 적잖이

고생하셨을 텐데 이제 살인자 딸까지 두게 해야겠습니까? 부모님이 불쌍하지도 않아요?"

*

태풍이가 몸을 뻣뻣하게 굳히더니 돌연 피를 토한다. 쿠억, 소리와 함께 튀어나온 덩어리가 너무 크고 붉어 나는 비명을 지른다. 태풍이는 피에 흠뻑 젖은 주둥이로 오히려 어리둥절한 얼굴이다. 뒤늦게 통증이 올라오는지 온몸을 떨며 눈을 까뒤집는다. 소란이 구 원장을 호출하는 동안 나는 태풍이를 안아 올리지도 그대로 내버려두지도 못한 채 동동댄다. 태풍이 비명을 지르기 시작한다. 가파르게 치솟는 처절한 비명에 다른 개들이 함께 울부짖는다. 동물병원 직원이 뛰어 올라올 정도로 비명의 합창은 강력하다. 초음파검사를 한 뒤 구 원장은 태풍이의 병명이 림프종이라고 말한다.

"벌써 전이가 상당한데. 그동안 개 몸에 멍울 같은 거 안 잡혔어요?"

태풍이 사타구니 쪽에 잡히던 둥글고 단단한 것

이 떠오른다. 구 원장을 부를까 말까 고민하던 순간도 떠오른다. 6개월에 한 번씩 정기검진을 하니 괜찮겠지 하고 넘겼던 나의 선택도 떠오른다. 그러나 나는 나도 모르게 고개를 흔든다.

"아니오."

구 원장이 나를 응시한다.

"전혀요."

내가 한 번 더 답한다.

"태풍이 보호자한테 연락하세요. 항암치료를 할 건지 물어봐야 하니까."

"항암치료를 받으면 살 수 있나요?"

"그걸 왜 수영 씨가 궁금해해요?"

강한 진통제를 투여한 탓에 태풍의 몸이 축 늘어진다. 몸을 기괴하게 뒤틀면서 비명을 지르던 조금 전의 모습이 도무지 지워지지가 않는다. 검사를 받고 진통제를 놓을 때까지 태풍의 비명은 계속되었다. 이러다 태풍의 장기들이 전부 끊어져버리는 것 아닐까 두려울 정도로 끔찍한 비명이었다. 나는 지금까지 그런 식의 비명을, 도무지 손쓸 수 없는 고통스러운 비명을 들어본 적이 없었다.

진통제 효과가 떨어지면 또 괴로워하게 될까. 도대체 어떤 통증이 온몸을 뒤덮어야 그런 식의 비명이 나오는 걸까.

"수영 씨가 궁금해해야 하는 건 그런 게 아니지 않나?"

"네?"

"보호자들이 따져 물을 텐데요. 개를 도대체 어떻게 돌봤길래 이 지경이 되도록 몰랐냐고. 그건 뭐, 나도 묻고 싶네요. 개들을 그렇게 위한다면서, 개들이 원하는 걸 해주고 싶다고 내게 따지기까지 했으면서 정작 개가 아픈 건 왜 몰랐어요?"

"그건."

나는 고민 끝에 나 자신을 혐오하면서 대답한다.

"어쩔 수 없는 일이었어요. 제가 어떻게 짐작이나 할 수 있었겠어요."

구 원장은 혈액암에 해당하는 림프종의 경우 거의 손쓸 방도가 없다고 태풍이 보호자에게 말한다. 이 정도면 길어야 한두 달이에요. 치료는 할 수 있습니다만 그 과정이 녹록지 않을 겁니다. 태풍의 보호자가 고통스럽게 운다. 마침 진통제 효과가 떨어진 태풍이 절절 기며 비명을 지르기 시작하자 경악해 입을 틀어막더니, 바닥에 무릎을 꿇고 통곡한다. 태풍은 비명을 지르면서도 피거품을 물고 경련하면서도 보호자를 향해 기어간다. 바닥을 박박 긁으며 기를 쓰고 기어간다.

"그만하게 해주세요."

보호자가 소리친다.

"제발 저 고통을 끝내주세요."

태풍이 기어코 보호자 품에 안긴다.

차가운 손이 나를 두드린다. 탈의실 바닥에 주저앉아 있는 나를 소란이 억지로 일으킨다. 언니, 정신 차려요. 나는 정신이 없는 게 아니다. 나 자신을 격렬히 증오하느라 아무것도 할 수 없을 뿐이다. 나는 비겁하고 치졸한 인간이다. 슬픔이나 애도 같은 고상한 단어를 나는 차마 가질 수 없다.

"태풍이는 잘 갔어요."

아무것도 모르는 소란이 내 등을 쓰다듬는다.

대형견에게 하듯이 힘을 주어 길게, 오래 쓰다듬는다.

"괜한 죄책감 갖지 마요. 노령견들에겐 흔한 병이라잖아."

그 말과 위로가 부끄러워 나는 몸을 일으킨다. 태풍이는 좋은 개였다. 담요를 덮어주려고 다가가면 힘겹게 몸을 일으켜 내 손을 핥아주었다. 넓적하고 순한 주둥이와 귀에 난 곱슬곱슬한 털이 유난히 귀여웠다. 날렵한 몸통에 손을 갖다 대면 다리를 활짝 펼쳐 배를 보여주었다. 태풍은 내게 여러 번의 기회를 주었다. 그것은 기회가 아닌 부탁이었을지도 모른다. 몸을 열어 아프고 이상한 곳을 내내 호소한 것이었는지도 모른다. 그런데도 나는 태풍을 외면했다. 나의 무지와 회피가 가장 나쁜 방식으로 태풍이를 죽였다.

8

내가 가진 기이한 감각이 항상 나를 구했던 것
은 아니다.

나는 허기진 개처럼 극도로 예민했다. 지나가는
사람이 헛기침만 해도 털이 곤두섰고 사물들의 그
림자를 못 견뎌 했다. 도심 속 건물과 사물들은 대
체로 고정되어 있었으므로 그림자가 움직이는 건
대부분 빛 때문이었다. 빠른 속도로 내달리는 자
동차의 헤드라이트와 온몸으로 빛을 뿜어내는 오
토바이. 그때마다 일렁이는, 크기와 농도가 다른
무정형의 그림자들이 나는 두려웠다. 내 감각은
그런 식으로 주요한 것들에서 조금씩 비껴 나 있

었다. 급속도로 방향을 틀면서 나를 칠 뻔한 오토 바이가 아니라 그 불빛에 불쑥 일어난 그림자를 무서워하는 식이었다.

나는 꼬리 잘린 개처럼 사나워졌다. 사람들을 곁눈질하고 그들의 발을 물어뜯는 상상을 하며 걸었다. 깊숙이 물어 어금니 자국을 새길까 송곳니로 길게 찢어놓을까. 그러나 내 이는 상상 속 이만큼 튼튼하거나 날카롭지 않았다. 나는 일기장 가득 오로지 저주를 퍼붓기 위한 문장들—가만두지 않을 거야, 나를 함부로 대하는 것들은 전부 다 찢어 죽이고 말 거야—을 써넣었다. 톱이나 칼, 송곳처럼 나의 무른 신체를 대신해줄 무기들을 선망했으며 그것에 의해 절단된 신체들의 이미지를 클라우드 용량이 다 찰 때까지 밀어 넣었다. 나는 무엇이든 물고 싶고 무엇이든 썰고 싶었다. 내게 주어진 것은 고작 나뿐이었으므로 나는 조금씩 나를 썰었다. 팔 가죽이 의외로 질겨 처음엔 짧은 빗금을 내는 게 고작이었다. 빗금이 선명해지면서 점점이 떨어진 핏방울을 아무 곳에나 흘려두어도 눈치채는 사람이 없었다.

간혹 전수미가 내 얼굴과 팔을 골똘히 들여다보았다. 그럴 때마다 나는 몸을 숨겼다. 교실에서 내 뺨을 실컷 갈긴 전수미가 했던 말—때리고 싶으면 이 정도는 쳐야지—이 자꾸 떠올라서였다. 이번에는 전수미가 나를 공업용 커터 같은 걸로 난도질하며 네 몸을 썰고 싶으면 이 정도는 해야지, 라고 말할 것만 같았다. 전수미가 다가올 때마다 내 기이한 감각은 발작하듯 나를 두드렸다. 시야가 또렷해져 가까이 있는 것과 멀리 있는 것이 모두 다 똑같은 크기와 정교함으로 내게 달려들었다. 속이 울렁거리고 종아리가 단단하게 굳어 나는 어디로도 도망치지 못했다.

나는 주머니에 작은 칼을 넣고 다녔다. 초등학교 앞 문구점에서 산 합금 재질의 장난감 칼로, 육식동물의 송곳니처럼 칼날 전체가 둥글게 휘어 있는 것이었다. 5천 원짜리 장난감에 걸맞은 싸구려 가공 때문에 칼은 위험했다. 제대로 연마되지 않은 금속 가장자리와 뚝 분질러놓은 것처럼 어설픈 단절면이 무른 것들을 쉽게 갈라놓았다. 나는 그것으로 몇 개의 빗금을 무릎 위에 새겨본 뒤 항상 지니고 다녔다. 장난감이라는 말이 의아할 정도로 날카로웠으나 장난감이었으므로 누구도 내게서 그것을 빼앗지 않았다.

강원도 숲속에 있는 캠핑장에 갔을 때였다. 산 중턱에 위치한 그곳을 엄마와 아빠는 유독 마음에 들어 했다. 텐트 자리가 널찍했고 고기 굽는 화로를 무료로 대여해주었다. 앞서 돌아간 사람들이 남긴 숯과 장작, 바비큐 철망과 해충약 같은 것을 수돗가 한 켠에 쌓아두고 사람들이 마음껏 이용할 수 있게 했다. 관리자가 부지런히 돌아다니며 서툰 사람들을 도왔다. 엄마와 아빠가 커다란 그늘막을 치려다 주저앉자 얼른 다가와 기둥을 세우더니 그늘막과 텐트는 물론 접이식 테이블까지 척척 설치해주었다. 불 피우는 게 어려우면 말씀하세요. 관리자는 선한 얼굴로 말하고 다른 텐트를 살피러 갔다.

안전하고 여유로운 곳. 엄마는 그렇게 말했다. 이곳은 힐링을 위한 캠프에 꼭 어울리는 곳이라고. 엄마와 아빠는 마주치는 모든 사람들과 싸우는 데 지쳐 있었다. 호의 섞인 시선과 부드러운 말투가 우리를 향한 건 오랜만이었다. 우리는 캠핑장에서 바비큐를 먹은 뒤 집으로 돌아갈 예정이었으나 엄마와 아빠가 일정을 바꿨다.

"우리에겐 이런 여유가 필요해. 하루쯤 야영을 하는 것도 좋겠지."

아빠가 말했다.

"밤새 불멍을 해도 괜찮겠어."

엄마가 대답했다.

캠핑장에서 10분쯤 떨어진 곳에 편의점이 있다고 관리자가 알려주었다. 산 아래 말고 정상 쪽으로 차를 타고 올라가라고, 능선을 따라 오르다 보면 금방이라고 말했다. 엄마와 아빠는 세면도구와 맥주를 사 오겠다며 편의점으로 향했다. 거기 유명한 커피 자판기가 있어요. 관리자가 열 손가락을 활짝 펼쳐 보였다. 가끔 거미가 나오긴 하지만요.

나는 그곳이 다른 이유로 마음에 들었다. 그곳에는 걸을 수 있는 숲길이 아주 많았다. 캠핑장에서 작은 돌계단을 밟고 내려가면 제법 물살이 센

계곡이 나왔다. 캠핑장 옆으로 난 오솔길은 인근 수목원과 연결되어 있었다. 오솔길을 따라 걷다 넓은 흙길로 이어진 다음부터는 납작하고 넓은 돌들이 흔했다. 그래서인지 편평한 바위마다 틀림없이 돌탑이 쌓여 있었다. 나는 돌탑이 무너지지 않도록 조심해서 걸었다. 돌 몇 개를 골라 위치를 잡아보기도 했지만 잘 쌓이지 않았다.

산길은 축축했고 이끼가 많았다. 몇 개의 팻말을 따라가며 나는 중얼거렸다. 자작나무. 자작나무 산책로. 자작나무 군락지가 1킬로미터 떨어진 곳에 있습니다.

나는 자작나무를 그때 처음 보았다. 당시에는 자작나무가 화이트초콜릿을 입힌 빼빼로 같다고 생각했다. 희고 얇은 기둥이 거침없이 위로 뻗은 모습이 기이할 정도로 압도적이었다. 그동안 내가 봐왔던 나무들은 밑동이 비대할 만큼 두꺼웠다. 땅에 사로잡힌 모양새로 위로 갈수록 줄기가 얇아지다 산산이 부서졌다. 나는 숲길을 좋아했지만 거대한 나무들은 좋아하지 않았다. 그것은 가끔 땅의 망령처럼 보이기도 했다. 그러나 자작나무의 밑동은 날렵했고 땅을 가볍게 딛고 선 정도로만 보였다. 언제든 깡충, 뒤꿈치를 들어 올려 걸어 나갈 것 같았다. 나는 넋을 잃고 위를 올려다보았다. 원하는 만큼 힘 있게 뻗어 올라간 균일한 두께의 나무들이 수십, 수백 그루 그곳에 있었다. 나는 희고 매끈한 나무 기둥을 끌어안은 채 개미들이 내 몸을 타고 오르도록 내버려두었다. 뒷목이 저려 현기증이 일 때까지 자작나무를 보았다.

"너 엄마는 어딨냐."

남자가 물었을 때 나는 온몸의 술렁이는 감각이 현기증 때문이라고만 생각했다. 짙은 초록색 상의에 커다란 가방을 멘 남자가 내 팔을 와락 붙잡았다.

"어린 여자애가 이런 데 혼자 있으면 얼마나 위험한지 몰라? 너 엄마 어딨어!"

어째서인지 남자는 화가 난 목소리로 외쳤다. 내가 팔을 빼려고 하자 바깥쪽으로 힘껏 비틀었다. 팔꿈치가 부서지는 것처럼 아팠다.

"엄마는 저기 있어요. 아빠도 있어요."

"저기 어디? 내가 올라오는 길에 아무도 없었는

데, 무슨. 아무도 없었다고, 사람이 단 한 명도 없었어!"

남자의 검붉은 얼굴 뒤로 자작나무들이 그림처럼 늘어서 있었다. 너같이 맹랑한 계집애들 때문에 내가 고생이다! 남자가 내 팔을 거칠게 흔들더니 자신 쪽으로 끌어당겼다. 발에 힘을 주고 끌려가지 않으려 버티자 도리어 나를 밀쳤다. 균형을 잃고 넘어진 나를 남자가 다시 붙잡아 질질 끌었다. 제대로 땅을 딛지 못한 탓에 나는 엎어진 채 무릎이 갈리며 남자에게 끌려갔다.

"내가 얼마나 노력하고 사는지 알아? 나는 인터넷도 안 하고 씨발년들이 술을 따라주는 주점에도 안 가. 노래방도 안 간다고. 내가 다시는 그러지 않으려고, 와이프는 도망갔고 아들 새끼는 나를 인간 취급도 안 하니까 내가 진짜 이번에는 똑바로 살려고 기를 쓰고 있는데, 꼭 너 같은 년이 나타나서는!"

남자가 나를 패대기쳤다. 어느 틈엔지 자작나무 군락지도 산책로도 벗어나 있었다. 턱밑까지 올라오는 수풀 속에서 남자가 커다란 가방을 벗어 던졌다. 너는 나를 망치러 온 나쁜 년이야. 멱살을 잡혀 들어 올려진 탓에 남자의 얼굴이 또렷이 보였다. 땀 한 방울 흘리지 않은 건조한 얼굴이었다.

"나는 다시는, 그런 짓은 절대로 안 해. 그러니까 죽여버릴까. 나쁜 짓을 안 하려면 너 같은 년이 없어져야지. 그럼 죽여야지. 네가 나를 뒤따라왔잖아. 아무도 없는 곳으로 일부러 나를 유인했잖아."

주머니를 더듬자 칼이 잡혔다. 나는 그것을 남자의 얼굴을 향해 힘껏 휘둘렀다.

나는 계속 끌려가고 있었다. 이해할 수가 없었다. 나는 분명 남자를 물리쳤는데? 남자의 눈에서 피가 쏟아지는 걸 분명히 봤다. 눈알인지 눈 밑인지 모르겠으나 무언가가 서걱, 썰렸고, 남자가 돼지처럼 꽥꽥대며 나를 놓쳤다. 그런데 왜 나는 계속 끌려가고 있지? 도대체 왜?

"조용히 해, 이 등신아."

내가 비명을 지르자 뻗어 온 손이 내 입을 틀어막았다. 전수미였다.

전수미는 산책로 가장자리를 따라 흐르는 개울로 나를 끌고 내려갔다. 내 머리를 처박듯이 개울물에 밀어 넣고는 얼굴과 목, 팔뚝 같은 곳을 마구 문질러 닦았다. 불그스름해진 물이 순식간에 아래로 흘러 사라졌다. 전수미는 자신이 입고 있던 바람막이 점퍼를 벗어 내게 입히고 목 끝까지 지퍼를 채웠다. 캠핑장으로 돌아간 전수미는 숯이 담긴 화로를 넘어뜨렸다. 긴 집게로 숯을 집어 텐트에 아무렇게나 구멍을 내고 텐트 끝자락에 불이 붙을 때까지 입바람을 불었다. 사람들이 몰려들어 불을 끄고 전수미를 붙잡는 동안 아무도 나를 신경 쓰지 않았다. 오히려 구석에 쪼그려 앉아 덜덜 떨고 있는 나를 불쌍히 여겼다. 수목원 쪽에서 어지러운 소리, 그러니까 구급차 사이렌 소리 같은 것이 들렸으나 아무도 그쪽을 돌아보지 않았다.

캠핑장에서 쫓겨난 엄마와 아빠는 참담한 얼굴이었다. 고속도로를 타고 집으로 가는 동안 누구도 입을 열지 않았다. 둘둘 말아 트렁크에 처박은 텐트에서 탄내가 올라와 차 안이 답답했다. 잠깐 휴게소에 차 세워. 저거 버리고 가자. 엄마가 말했다. 아빠는 구멍 난 텐트뿐 아니라 캠핑용품들을 전부 꺼내 휴게소 쓰레기통에 버렸다. 접이식 테이블과 의자 같은 건 캠핑장에서 챙겨 오지도 못했다. 토치와 코펠, 비닐봉지에 마구 쑤셔 넣어 가져온 수저와 그릇 들이 모두 쓰레기통으로 들어갔다. 엄마와 아빠가 몇 번이고 차 트렁크와 휴게소 쓰레기통을 오가는 사이 전수미가 나를 툭툭 쳤다.

"그 새끼 찔리는 게 있으니 신고 못 해."

그러곤 내게 얼굴을 바짝 들이밀며 속삭였다.

"이건 너랑 나만 아는 비밀로 하자."

*

처음 센터에 왔을 때 태풍이는 뒷다리가 빠져 있었다. 완전히 탈골된 것은 아니라 뼈는 곧 제자리를 찾았지만 늘어난 인대와 찢어진 근육 때문에 한 달은 깁스를 하고 있어야 했다. 회복 속도가 더뎌 깁스를 푼 뒤에도 오랫동안 보호대를 했다. 태풍이가 입소하던 날, 자리가 빨리 나서 다행이라

고 태풍이 보호자는 말했다. 태풍이의 입소는 앞
선 개의 죽음을 뜻하는 걸 모를 리 없는데도 그랬
다. 계속 집에 있었으면 태풍이는 죽었을 거야. 보
호자가 침울한 목소리를 냈기 때문에 나는 곁에
앉아 얌전히 얘기를 들었다.

"우리 아버지가 요양원에서 쫓겨났거든."

태풍이는 열두 살 노견이었고 태풍이 보호자도
충분히 늙어 있었다. 늙은 사람의 아버지라니 그
는 또 얼마나 늙은 사람일까 더듬어보고 있는데
보호자가 내 마음을 읽기라도 한 것처럼 올해 여
든여섯 되셨지, 했다.

"남들은 어린애처럼 순해지는 치매를 앓는다
고도 하고, 발병하고 오래지 않아 복을 누리듯
가시기도 한다는데 그 양반은 죄가 많은 사람이
라……."

소란이 멀리서 손짓했다. 담요를 가리키며 이리
저리 펼친 손을 흔드는 모습이 담요를 빨겠다거나
이미 빤 담요를 널겠다거나 하는 뜻 같았다. 개의
입소 날에는 보통 보호자들의 변명이나 넋두리가
길어지는 편이라 나는 머리를 만지는 척하며 소란

에게 대답했다. 오케이. 보호자는 배변 패드 위에 누운 태풍이의 몸을, 깁스로 고정한 다리를 살살 쓸어내리며 말했다.

"치매를 앓아도 어찌나 더럽게 앓는지, 세상 들어본 적도 없는 쌍욕을 매사 입에 달고 사는 거야. 젊을 때 뱃일을 했다더니 뱃놈들 쌍욕인가. 그 정도만 해도 어떻게 버텨보겠는데 이건 지나가는 사람이랑 눈만 마주쳐도 덤벼드니 요양원에서도 답이 없었겠지. 입원해 있는 환자를 두들겨 팰 때는 일단 떼어내서 치료하고 무마시킬 수 있었는데 하필이면 면회 온 가족을 해코지했다더라고. 아기가 자고 있는 유아차를 통째로 들어 엎었다는 거야. 비쩍 마른 인간이 어디서 그런 괴력이 나왔을까. 걸을 때도 구부정하고 침대에도 혼자 못 올라가는 주제에 사람 팰 때는 어떻게 그렇게 기운찬지."

보호자가 태풍이의 머리를 들어 자신의 무릎에 얹었다. 옆에서 보기엔 더없이 불편해 보이는 각도였지만 태풍이는 편안한 얼굴로 보호자를 올려다보았다. 보호자가 태풍이의 귀와 귀 뒤 털을 쓰다듬다 조금씩 꼬아놓기를 반복했다. 저러느라 귀

뒤만 털이 꼬불꼬불한 걸까 싶어질 만큼 오랜 시간이었다.

"태풍이가 늙어서 잘 움직이지를 못하니까, 잘 먹지도 잘 자지도 못하니까, 나는 애가 죽을 때까지 옆에 딱 붙어서 지켜주려고 학교 급식일 하던 것도 그만뒀어. 자식들 다 독립했고 내 마지막 할 일은 애를 잘 보내주는 건가 보다 싶었는데, 난데없이 아버지가 굴러들어온 거야. 그것도 어디 멀쩡한 인간인가? 아무거나 때려 부수고 욕하고 아니 뭔 놈의 옷은 자꾸 그렇게 훌떡 벗고 뛰어다녀, 망할. 치매전문병원은 대기자가 몇백 명이래고 변두리 요양원에라도 보내볼까 했더니 치매환자는 안 받는대고. 여기저기 대기 걸어둔 사이에 아버지는 계속 뭘 부수고 택배 기사를 패고 난리도 아니었어. 하루는 장을 봐서 집에 들어갔는데 조용해. 아주 너무 조용해서 문을 여는 순간 소름이 쫙 돋더라고. 뭔 일이 났구나. 신발도 못 벗고 뛰어 들어가 봤더니 그 양반이, 태풍이 뒷다리를 붙들고 이리저리 휘두르면서 온 집 안을 뒤지고 있는 거야. 개 잡아먹을 칼을 찾는다고, 이놈 집구석엔 왜

칼 한 자루가 없냐고 욕을, 욕을 하면서."

태풍이 보호자는 면회를 거의 오지 못했다. 대신 하루에 한 번씩 태풍이와 영상통화를 했는데 통화하는 동안 뒤에서 고라니 울음소리 같은 게 계속 들리곤 했다.

태풍아. 보호자는 태풍이를 몇 번이고 불렀다. 어느 때는 아무 말도 없이 그저 태풍이와 얼굴만 마주하고 있었다. 나는 정원에서의 사진을 최대한 많이 찍어 보호자에게 보냈다. 봄꽃이 핀 자리에 앉은 태풍이와 매미 허물에 코를 들이대고 있는 태풍이와 바싹 마른 낙엽 위에 앞발을 올려놓고 바스락 소리가 날 때마다 귀를 쫑긋거리는 태풍이를 보내주었다. 눈이 내리는 날엔 두꺼운 패딩 조끼를 입혀 태풍이의 콧잔등에 떨어지는 눈을 찍어 보내줘야지. 그렇게 결심했지만 태풍이는 겨울을 맞지 못했다.

태풍이 보호자는 돌봄센터에 오지 않는다. 매일 오후 세 시쯤 걸려오던 영상통화도 더 이상 오지 않는다. 당연하다. 태풍이는 이제 센터에 없다. 곱슬곱슬한 털도 둥글넓적한 주둥이도 이곳에 없다. 태풍이에 대한 기억은 몸속 어딘가가 찢겨 나가는 것 같은 비명으로 갈음된다. 그게 싫어서 나는 자꾸 태풍이를 떠올린다. 크고 두터운 앞발과 높은 체온, 푹 삶은 당근을 주면 슬그머니 밀어내던 혓바닥과 그러면서도 퉤 뱉어버리지는 못하고 언제까지나 물고만 있던 유순함을 떠올린다. 내 기억은 언제나 태풍이의 상체에 머물러 있다. 나는 기억 속에서도 시선을 태풍이 가슴 아래로 내리지 않으려 애쓴다. 태풍이의 배를 더듬어보지 않으려 애쓴다.

태풍이 보호자는 돌봄센터에 오지 않는다. 그런데도 나는 어느 때보다 간절히 그를 기다리고 있다. 얼굴이 시뻘겋게 달아오른 보호자가 쿵쾅쿵쾅 계단을 뛰어올라 내 멱살을 틀어쥐는 순간을 기다린다. 그는 무슨 말이든 내게 할 수 있다. 무슨 짓이든 내게 해야 한다. 나는 태풍이처럼 바닥을 기어다니던 태풍이 보호자를, 태풍이가 비명을 지를 때마다 비참하게 울부짖던 그 얼굴을 도무지 잊을 수가 없다. 태풍이를 어떻게든 잘 보내주고 싶어

했던 보호자에게 강제로 방아쇠를 당기게 한 건 다름 아닌 나다.

끝까지 비겁하구나, 나는. 불현듯 그런 생각이 든다. 나는 상상에서조차 뒤로 물러서 있다. 보호자가 알아서 진실을 캐내기를, 직접 나를 응징하러 이곳까지 오기를 다만 기다리고 있다. 구 원장에게 했던 거짓말이 떠올라 얼굴이 뜨거워진다. 나는 고작 이 정도의 인간이니 또 그런 짓을 할지모른다. 구 원장에게 했던 것처럼, 나를 찾아온 보호자에게 뻔뻔한 얼굴을 하고 또 그렇게 말할지도모른다.

어쩔 수 없는 일이었어요. 제가 어떻게 짐작이나 할 수 있었겠어요.

지금 거울을 보면 그 안에 있는 건 나일까 전수미일까. 몸속이 소리 없이 일렁인다. 더듬이들이 진저리치듯 떨고 있다.

나는 탕비실 옆에 설치된 작은 테이블로 향한다. 개들의 차트와 소분된 약들과 업무용 핸드폰이 놓여 있는 테이블이다. 업무용 핸드폰을 열어 태풍이 보호자 연락처를 찾는다. 메모지에 숫자들을 옮겨 적고 나서 나는 잠시 망설인다. 진실을 고백한다면 남김없이, 숨김없이 전부 다 털어놓아야 한다. 나는 메모지를 더 꺼내 다른 보호자들의 연락처를 옮겨 적는다. 셋, 넷, 다섯, 누룽지 보호자의 연락처를 적고 있는데 차가운 손이 내 어깨를 꽉 눌러 쥔다. 돌아볼 겨를도 없이 소란의 손이 메모지와 핸드폰을 잡아챈다. 순식간에 메모를 구겨버리고 핸드폰을 자신의 앞치마 주머니에 쑤셔 넣는 소란의 얼굴이 무섭게 굳어 있다.

"언니는 이상하다는 생각 해본 적 없어요?"

소란이 입술을 거의 움직이지 않고, 작은 목소리로 말한다.

"지난번에도 이번에도, 내가 뭘 어떻게 알고 끼어드는지."

소란이 CCTV를 흘긋 노려보고는, 여전히 입술을 움직이지 않고 말한다. 잊지 말아요. 여길 실시간으로 지켜볼 수 있는 사람이 있다는 걸.

아래층에서 콜이 울린다. 구 원장이다.

점심시간이라 1층 병원은 텅 비어 있다. 직원들

이 점심을 먹으러 나가면서 불을 끈 건지 진료실과 대기실이 전부 어둡다. 구원성동물병원. 데스크 뒤쪽 글자들만 밝게 빛나고 있어 어쩐지 처음 오는 곳처럼 낯설다. 원장실로 이어지는 복도에 할로겐등이 서너 개 켜져 있다. 그림자가 두껍게 일렁이는 통에 나는 잠시 걸음을 멈춘다. 노란 할로겐등 아래 여러 겹으로 나뉜 내 그림자가 불규칙하게 일렁인다. 그것은 꼭 엉망으로 뒤엉킨 더듬이 같다.

구 원장은 태연한 얼굴이다. 어쩐지 빙글빙글 웃고 있는 것 같기도 하다. 뭉개진 더듬이들이 조금씩 몸을 일으킨다. 구 원장이 자신의 책상 맞은편에 놓인 의자를 향해 상냥하게 손을 뻗는다. 거기 앉아요. 쏜살같이 튀어나온 더듬이가 부르르 몸을 떤다. 내게 뭔가를 말하고 싶어 한다.

"수영 씨가 뭔가 오해하고 있는 것 같아서요."

더듬이보다 한발 먼저, 구 원장이 말한다.

"최근 업무에 통 집중하질 못하고 있잖습니까? 개들이 죽는 게 이상한 일도 아닌데요."

"왜요?"

왜 이상한 일이 아니에요? 내 물음에 구 원장이 웃는다. 개들을 안고 가볍게 엉덩이를 토닥여줄 때처럼 평온한 얼굴로, 다만 웃으며 말한다.

"여기 개들은 모두 늙고 병들었어요. 그것 말고 다른 이유가 또 필요합니까? 개들은 안전하고 평화롭게 죽기 위해 여기로 왔어요. 죽기 위해 마련된 곳에서 제때 죽는 거죠."

"제때를 누가 정하는데요?"

"나요."

구 원장이 검지로 자신을 가리킨다.

"그걸 정하려고 내가 여기 있는 거잖습니까."

그보다, 라고 구 원장이 말한다. CCTV를 돌려보니 영 신경 쓰이는 게 있더란 말이죠. 확인이 필요할 것 같아 불렀습니다.

"수영 씨가 태풍이 주담당자였지요? 케어할 때마다 태풍이 아랫배를 유난히, 여러 차례, 아주 심각하고 진지하게 만지던데요. 손을 이렇게 움직이면서요. 그게 꼭, 거기에 멍울 같은 게 잡혀서 그 크기를 확인하려는 사람 행동처럼 보이지 뭡니까? 그런데 수영 씨는."

구 원장이 내 앞쪽 테이블을 노크하듯 똑똑 두드린다.

"전혀, 라고 했잖습니까? 태풍이 몸에 멍울 같은 게 잡힌 적은 전혀 없다고, 분명 그렇게 말하지 않았나요?"

"그건……."

"게다가 나를 한 번도 콜한 적 없죠? 바로 아래층이 병원인데, 몇 계단만 내려오면 진료실인데 태풍이를 데리고 온 적도 없고."

"그게, 저는……."

"그런 식으로 몇 마리나 죽였어요?"

구 원장이 나를 빤히 쳐다보며 말한다.

"우리 개들, 그렇게 몇 마리나 죽였냐고."

알아들을 수 없는 말들이 계속해서 떨어진다. 수영 씨는 알고 있었잖아요, 태풍이가 림프종에 걸린 거. 그런데도 내버려뒀죠? 그게 죽인 게 아니고 뭡니까. 돌봐주는 척하면서 손쓸 수 없는 지경에 이를 때까지 일부러 방치한 거예요? 얼른 죽어버리라고? 지금까지 다른 개들도 전부, 그런 식으로 죽였습니까?

"저는 지금 이게 다 무슨 소리인지."

"내겐 증거가 있어요."

구 원장이 노트북 화면을 내 쪽으로 돌린다. 태풍이가 그곳에 있다. 유순한 주둥이를 위로 쳐들고 몸을 활짝 열어 내게 배를 보여주고 있다. 내가 태풍이의 배를, 사타구니 쪽을 오래도록 문지른다. 머리를 갸웃거리며 태풍이 배에서 어느 한 지점을 골똘히 내려다본다. 잠시 고개를 들어 출입구 쪽을 바라보기도 한다. 거기에는 아래층에 곧바로 콜을 넣을 수 있는 무선장치가 있다. 나는 태풍이의 몸을 돌려 눕힌다. 다리를 주물러주고 목덜미를 어루만진 뒤 정성껏 태풍이의 몸을 마사지한다. 배변 패드를 똑바로 펼치고 부드러운 담요로 태풍이 배를 덮는다. 무언가를 숨기듯 꼭꼭 눌러 덮는다. 한참 만에 일어선 나는 다른 개에게 간다. 다른 개도 똑같이 몸을 주물러주고 머리를 쓰다듬어주지만 사타구니께를 골똘히 들여다보지는 않는다. 다른 개, 또 다른 개에게도 마찬가지다. 화면 속의 나는 태풍이의 수상적은 멍울에 대해 아무에게도 말하지 않는다.

아무것도 하지 않는다.

구 원장이 노트북을 소리 나게 덮는다. 그 소리에 구 원장을 향해 길게 뻗어 있던 더듬이가 툭, 잘려 나간다. 툭툭툭. 내 몸에서 낡고 불필요한 것들이, 한꺼번에 힘을 잃어버린 것들이 툭툭 떨어져 나간다. 발밑에 수북이 쌓여 겹겹의 그림자를 만들어낸다. 조금도 일렁이지 않는, 이미 죽어버린 더듬이들의 그림자다.

"내가 말했잖아요. 순진한데 오지랖까지 넓은 사람은 항상 최악의 결과를 가져온다고."

구 원장이 내 쪽으로 얼굴을 바짝 들이밀며 속삭인다.

"그러니 이건 우리 둘만 아는 비밀로 하죠. 태풍이에 대한 건 비밀로 해줄 테니까 수영 씨도 그 입, 다물어요."

9

전수미의 변호사가 내게 쪽지를 건넨다. 전수미
가 보낸 것이다. 노트에서 찢어낸 자국이 그대로
남아 있는 쪽지에는 세 글자만이 쓰여 있다. 흰 나
무. 전수미의 글씨는 아직도 초등학생 같다. 글자
들의 균형이 맞지 않아 들쑥날쑥하다. '흰' 자가 너
무 납작하게 눌려 '흰' 자로 보인다.

뭐라고 썼든 전수미가 틀렸다. 그것은 흰 나무
가 아닌 자작나무다. 흰 나무 따위가 아니라 힘차
게 뻗어 올라간 직선의 나무다. 전수미가 써놓은
흰 나무는 흰개미, 흰 나방처럼 유해하고 불쾌한
무엇으로 읽힌다. 그러나 자작나무는 그런 것이

아니다. 자작나무도 모르는 전수미. 단 한 번도 자작나무를 궁금해한 적 없는 전수미. 흰 나무 숲의 전수미. 나는 전수미의 쪽지를 읽으며 결심한다. 내가 기억해야 하는 건 흰 나무 숲의 전수미가 아니라 자작나무 숲의 전수영이다.

어느 책에서 읽은 적이 있다. 결심이 필요한 일은 대개 가족을 상처 입히는 일이라고. 그러나 비밀을 간직하는 일은 스스로를 상처 입히는 일이다. 나는 너무 오랫동안 나를 비밀 속에 가둬두었다. 비밀이 빗금이 되고 저주가 되어 내 삶을 동강내는 줄도 모르고 나를 숨기기에만 급급했다. 하지만 적어도 나는 전수미, 그 경우 없는 년처럼 살지 않기 위해 전수미가 되지 않기 위해 기를 쓰고 살아왔다. 그것만은 진심이다. 비밀이 아니다.

나는 소란이 어떤 마음으로 업무용 핸드폰이 담긴 앞치마를 내 사물함에 넣어뒀는지 짐작할 수 없다.

핸드폰은 소란의 손처럼 차갑고 딱딱하다.

집으로 돌아온 나는 심바의 보호자에게 장문의 문자를 보낸다. 심바의 보호자는 이 지역에서 가장 회원수가 많은 온라인 애견카페의 부매니저다. 심바의 또 다른 보호자는 중학생 아들과 함께 유기견보호센터로 봉사를 다니는, 동물권보호단체와 오랫동안 연을 쌓고 있는 사람이다. 보호자가 우리와 이야기하는 동안 입금 기록이나 뒤지고 있었을 구 원장은 그런 사실을 알 리가 없다. 돈을 지불했느냐 아니냐가 좋은 보호자냐 아니냐의 기준인 구 원장에게 그건 중요한 정보가 아닐 테니까.

나는 문자의 마지막에 이렇게 덧붙인다.

─그러니 심바 보호자님, 혹시라도 심바가 금요일 밤에 무지개다리를 건너거든 고통스럽더라도 반드시 부검을 해주세요. 다른 병원으로 데려가 자연사한 개에게서 절대로 나와서는 안 되는 약물이 검출되지는 않는지 확인해주세요. 구 원장이 권하는 대로 심바를 바로 장례 업체에 넘겨 화장하지 마세요.

잘나가던 업체가 갑자기 망하는 건 으레 그런 이유다. 반윤리적인 행위와 내부 고발. 나는 구 원

166

장의 돌봄센터가 망하길 바란다. 그러니 기꺼이 내부 고발자가 될 것이다. 나는 전수미가 자신이 저지른 만큼의, 꼭 그만큼의 형량을 받길 바란다. 그러니 기꺼이 가족 고발자가 될 것이다. 그러고 나면 나는 나 자신의 고발자도 되어야 한다. 태풍이의 병증을 내가 어떤 식으로 외면했는지, 더 나아가 그날 자작나무 숲에서 무슨 일이 있었는지, 남자가 내게 했던 일과 내가 남자에게 했던 일이 무엇인지 하나하나 전부 설명해야 할 것이다.

더듬이들이 떨어져 나간 뒤 나는 계속 한기를 느낀다. 몸의 어딘가가 고장 난 게 아닐까 싶을 만큼 계속 오한이 들고 턱이 떨린다. 그러나 생각해보면 더듬이들이 있을 때도 그랬다. 아무 때나 목줄기가 서늘해지고 배가 얼어붙는 것처럼 차고 단단해졌다. 더듬이들은 내 몸 밖으로 뻗어 나가 사방을 살피던 기세 그대로 내 몸속도 구석구석 살폈을 것이다. 내 목소리에서 감지되는 미세한 악의, 교활하게 아주 조금씩만 거칠어지는 행동. 그때마다 더듬이들은 온몸을 떨며 고통스러워했겠지.

비밀을 삼킨 채로는 자작나무처럼 위로 뻗어 나갈 수 없다. 비밀은 너무 크고 무거워 나를 땅속으로 가라앉힌 뒤 도무지 도망칠 수 없게 뿌리로 옭아맬 테니까. 그러니 나는 모든 비밀을 토해낼 것이다. 더는 세계의 뒷면에 나를 가둬두지 않을 것이다.

이유는 간단하다.

나는 전수미가 아니니까.

*

구 원장의 혐의를 밝히는 것은 몹시 어려운 일이다. 동물권보호단체에서 자문을 구한 변호사는 그렇게 답했다. 가까스로 혐의를 입증하더라도 집행유예나 벌금형 정도일 거라고도 했다. 온라인 카페에서는 그들이 할 수 있는 최선을 다해 구 원장에 대한 정보를 서로에게 전달하고 있다. 실명을 쓰면 고소당한다면서요? 구*성 원장입니다. 구원* 원장 말인가요? *원성 맞습니다. 동물병원에 자랑스럽게 걸려 있던 구 원장의 프로필과 사진이 동네 커뮤니티와 온라인카페와 SNS에 꽤 오래 나돈다. 그러나 그들도 알고 있을 것이다. 이름은 개명하면 그만이다. 다른 지역에서 개원한 동물병원에 자신의 이름과 사진을 내걸지 않으면 그만이다. 무엇보다 또 다른 사건과 사고로 인해 이 모든 정보들은 금세 갈음될 것이다. 흔적조차 남지 않을 것이다.

"달라질 게 없다는 건 알고 있었어요."

소란은 닫힌 문 앞에 쪼그려 앉아 그렇게 말한다.

"약한 것들에게 벌어지는 일이 대부분 그렇잖아요. 다들 공분하기는 하는데 그냥 거기까지예요. 법으로 보호가 되고 보상이 되면 그게 무슨 약자겠어요. 그런 게 하나도 안 되니까 약자지."

서둘러 개들을 퇴소시킨 구 원장은 병원 문을 닫아걸었다. 심바 보호자의 항의 전화를 받은 지 사흘도 안 돼 벌어진 일이었다. 보호자들은 대부분 개를 데려갔으나 루이와 코찡이는 버려졌다. 동물보호단체에서 루이와 코찡이를 맡길 곳이 없어 애를 먹고 있다고 했다. 전신마비인 개와 수시로 발작을 일으키는 노견을 24시간 돌봐줄 수 있는 보호소가 흔할 리 없었다.

구 원장은 동네 커뮤니티와 온라인카페에서 쏟아져 나오는 비난에 일절 반응하지 않았다. 변명의 말도 억울하다는 호소도 없이 단번에 폐업신고를 하고는 건물과 부지를 팔아치웠다. 어디선가에서 또 동물병원을 열겠죠. 소란이 말한다. 미안하다고 사과하자 언니가 왜요, 하며 웃는다.

"그건 그냥 내 선택이었어요."

"그럼 고마워."

"언니가 고마울 건 또 뭐예요. 언니나 나나 다시 백수 신세인데."

공지된 시간이 다 됐는데 아무도 오지 않는다. 동물병원 직원에게서 연락이 온 건 전날 밤이었다. 구 원장이 내일 병원 집기를 전부 빼낼 예정이니 문이 열렸을 때 놓고 간 물건들을 찾아가라고 연락해 왔다는 것이었다. 직원은 껄끄러운 목소리로 수영 씨한테도 얘긴 해줘야 할 것 같아서, 라고 말했다. 그러고는 덧붙였다. 그게 맞아, 그게 맞긴

한데, 그래도 꼭 그래야 했어?

"거짓말일지도 모르겠어요. 우리에게 얘기했던 걸 알고 날짜를 바꿨든가."

소란이 자리에서 일어선다. 사물함에 중요한 게 있었어? 내가 묻자 글쎄요, 하고 답한다.

"아침에 집에서 나올 때까지만 해도 꼭 찾아와 야지 싶은 마음이었는데, 기다리면서 생각해보니 그게 뭐 별건가 싶어졌어요. 카디건이랑 슬리퍼, 핸드로션이랑 사진 몇 장. 그게 다더라고요. 언니 는 안에 중요한 게 있었어요?"

나는 고개를 젓는다.

"나는 그냥 좀, 보고 싶었어."

보고 싶었던 게 무엇인지 소란은 묻지 않는다. 아버지가 결국 사진관을 팔기로 했어요. 엄마랑 아버지는 청송으로 가서, 아, 거기서 큰아버지가 사과 농사를 지으시거든요. 소일거리라도 하며 지 내신다고요. 어차피 여길 떠날 거니까 그런 선택 도 할 수 있었던 거예요.

소란이 굳게 닫혀 있는 병원 문 아래쪽을 발끝 으로 툭툭 찬다. 그러고는 목을 바짝 움츠린 채로 사실은요, 라고 말한다.

"문득 너무 끔찍해진 거예요."

"뭐가?"

"구 원장이 언니를 콜했을 때, 저는 태풍이 물건을 정리하러 들어갔거든요. 태풍이 물건이래 봤자 약이랑 칫솔밖에 없었지만요. 그걸 쓰레기통에 밀어 넣고 새로 들어올 개가 쓸 담요랑 밥그릇을 꺼내고 있는데 정말 아무 감정이 안 들더라고요. 안됐다, 가엾다, 좋은 곳으로 가렴, 그런 말들만 기계적으로 떠오르고 제 마음은 전혀 다른 말을 하고 있더라고요. 이번엔 좀 수월한 개가 와라. 혼자 배변 정도는 할 수 있지만 활기가 없어서 종일 잠만 자는 얌전한 개로. 이왕이면 작고 가벼웠으면 좋겠네. 그런 말이요."

소란이 내게서 완전히 등을 돌린다.

"그러다 고개를 들었는데 창밖으로 주차장이 보였어요. 근데 그게 너무 넓은 거 있죠. 여기 면접 볼 때 구 원장이 그랬거든요. 어느 정도 자리가 잡히면 주차장 자리에 5층 건물을 지을 거라고. 그때부터 반려동물 요양원 사업이 본격적으로 시작되는 거라고요. 저렇게 넓은 자리에 그렇게 큰 건물을 지어서 대체 얼마나 많은 개를 죽이려는 걸까 생각하니 새삼 무서워졌어요. 구 원장이 아니라 제가요. 열 마리, 스무 마리의 죽음을 모른 척했으니 2, 3년이 지나면 저는 50마리, 100마리의 죽음도 모른 척할 수 있게 되겠죠. 그럼 제가 구 원장과 다를 게 대체 뭘까요. 그래서였어요. 결국 언니한테 떠넘기는 셈이 되어버렸지만. 아마 저는 스스로에게 증명하고 싶었던 것 같아요. 나는 구 원장과 다른 인간이라는 사실을요."

알아, 라고 나는 속으로 답한다. 나도 그랬어. 나도 구 원장과 다르다는 걸, 전수미와 다른 인간이라는 걸 다른 누구도 아닌 나 자신에게 알려주고 싶었어. 소란이 숨을 몰아쉰다. 한참 만에 나를 향해 돌아선 뺨이 조금 붉다. 나는 모르는 척 말을 돌린다.

"그럼 이제 청송에서 지내는 거야?"

소란은 난처하다는 듯 둥글고 도톰한 손가락으로 이마를 긁는다.

"그게 좀 애매해요. 여기서 혼자 지내자니 집 구

할 돈이 없고. 아니지, 집이 다 뭐예요, 방 한 칸 구할 돈도 없는데. 그렇다고 청송으로 가자니 거긴 제게 필요한 시설이 없고. 그래서 고민 중이에요."

소란이 말하는 시설이 신장투석실이라는 걸 깨닫고 나는 더욱 미안해진다. 내 선택이 가족을 상처 입히는 대신 나를 구하는 것이었다면 소란의 선택은 자기 자신을 희생하는 형태였음을 뒤늦게 깨달은 탓이다. 소란에 비하면 나의 선택은 마지막까지 이기적이었다. 오로지 나를 위한 것이었으니까. 소란은 아무렇지 않은 척 말했지만 그럴 리없다. 나는 소란의 화법을 이제야 알게 된 기분이다.

"그럼 당분간 우리 집에서 지낼래?"

나도 모르게 말해놓고 나는 잠시 움찔한다. 자기도 모르는 일은 하는 게 아닙니다. 구 원장은 그렇게 말했었다. 하지만 나는 내 양심이 하고 싶어하는 말, 내가 진짜 하고 싶은 일을 하기로 한다.

"집주인에게 들키기 전까지 시한부긴 하지만."

"집주인한테 뭘 들켜요?"

"그 집이 살 만한 곳이라는 거."

"살 만한 곳이라는 걸 들키면 어떻게 되는데요?"

"살 수 없게 되지."

그게 뭐예요, 하면서 소란이 이상한 얼굴로 웃는다.

포클레인이 오래도록 땅을 갈아엎는다. 단단하게 얼어 있던 땅이 부서질 때마다 포클레인의 이음매에서 김이 솟는다. 찬 바람이 조금씩 거세져 창틀을 흔들고 있다. 하늘이 주저앉은 것처럼 낮고 구름이 짙게 깔려 있는데도 눈은 내리지 않는다. 태풍이가 보지 못한 겨울이다.

"뭐가 들어온대요?"

애견카페였다가 버려진 공터였다가 동물병원과 돌봄센터가 되었다가 다시금 공사장이 된 곳에서 씨근대며 나오는 여자에게 내가 묻는다.

"썩을, 이번엔 고물상이래."

"고물상이요?"

"이놈의 동네를 내가 뜨든가 해야지. 여기로 온갖 쓰레기들이 다 굴러들어 올 거 아냐. 징글징글하다, 징글징글해."

고물상이면 쓰레기는 아니지 않나. 나는 차가워
진 아랫배를 문지르며 생각한다. 창문 닫아! 여자
가 큰소리를 내는 통에 아랫배를 꽉 움켜쥔다. 날
도 추운데 왜 얼굴을 내놓고 있어, 감기 걸려! 창
문 닫아! 여자는 씨근대느라 신세 한탄을 하느라
나를 걱정하느라 바쁘다. 나는 창문을 닫았다가
여자가 사라진 뒤에 다시 반만 연다. 포클레인이
김을 올리고 있는 옆으로 곧게 뻗은 길을 나는 계
속 살피고 있다. 그 길을 따라 소란이 올 것이다.
나는 줄곧 소란을 기다리고 있다.

눈이 내릴 것 같아. 나는 그렇게 중얼대며 창문
에 바짝 붙어 선다. 눈이 내릴 것 같진 않네. 그렇
게도 중얼대며 반걸음 물러선다. 눈이 내릴 만큼
충분히 춥지 않다. 공기가 바작바작 얼어붙는 느
낌도 아직 없다. 하지만 어느 날엔 묵직하고 부드
러운, 밀도 높은 공기를 뚫고 하늘하늘 눈이 날리
기도 한다. 오늘은 어느 쪽일까. 아직 아무것도 알
수 없다. 나는 숨을 내쉴 때마다 유리창에 하얗게
피어오르는 입김을 들여다보며 서 있다. 무엇이든

말하고 싶은 기분을 참을 수 없다. 길 끝에서 크고 둥근 점이 움직인다. 소란이 아주 커다란 가방을 들고 오면 좋겠다고 나는 생각한다. 그렇게 내내 생각만 한다.

최소한의 인간

조대한

타인의 입장과 자신의 행위에 대해 사유하지 못하는 결함 속에서 '악'은 탄생한다고 한나 아렌트는 말했다. 그런 관점에서 보면 '전수미'는 도저히 평범한 악인은 아닌 듯하다. 그는 분명 끔찍한 여러 악행들을 저지르지만, 자신이 행하는 일이 주변의 가족과 타인들에게 어떠한 영향을 미치는지 명확히 인지하고 있는 것처럼 보이기 때문이다. 아니, 달리 말하자면 그 영향력을 행사하는 이가 자신이라는 전능감과 희열에 휩싸여 그러한 짓을 저지르는 것 같기도 하다. 전수미는 관심을 얻기 위해 부러 요란한 소리가 나는 종류들 위주로 집기를 때려 부수거나, 동생과 단둘이 외출한 엄마를 서둘러 집으로 부르기 위해 낯선 남자를 안방 침대로 끌어들이는가 하면, 집 안을 감싸는 기묘한 평온함이 마음에 들지 않아 돌연 죽어버릴 거라는 협박을 내뱉는다. 전수미는 그렇게 "집 안에 짙게 깔린 의심과 불안, 경악과 공포를 다름 아닌 자신이 만들어"낸 뒤에야 충분한 "만족감을 느끼는"(26p) 사람이다. 동시에 그는 온 집 안을 부수고 헤집는 와중에도 자신이 아끼는 인형들은 멀쩡히 남겨두는 사람이자, 주변에 크나큰 해악을 끼치면서도 "자신을 해치는 일만큼은 단 한 번도 하지 않"(32p)는 영악한 사람이기도 하다.

"고작 1년 먼저 태어났다는 이유로" "모든 불행과 관심을 독식"(9p)한 전수미 옆에서 '나'는 달력 뒷면에 인쇄된 부수적인 그림처럼 한평생을 살아왔다. 한창 부모의 돌봄이 필요한 시기에도 '나'는 모든 관심을 독차지한 언니 탓에 얌전하고 착한 아이로 자라나야 했다. 조금이라도 투정을 부릴라치면 "우선 언니부터 해결하고 너는 조금만 뒤에. 우리 수영이는 똑똑하니까 아빠 말 이해하지?"(27p) "엄마 죽는 꼴 보고 싶어? 너까지 꼭 이래야겠어?"(25p)라는 식의 대답을 들어야 했고, 그런 허황된 두둔과 강요된 어른스러움, 정제되지 않은 날선 감정들을 고스란히 받아들이며 사춘기를 보내야 했다. 무엇보다 끔찍한 것은 전수미의 곁에 있다는 이유만으로 그가 일으킨 사건들의 여파를 '나'가 꼼짝없이 뒤집어써야 했다는 점이다. 연년생에 닮은 생김새, 비슷한 머리 스타일과 같은 학교 교복 차림을 하고 있던 '나'는 자주 전수미로 오인받았고 "등 뒤에서 갑자기 머리통을 후려 갈기고 도망치는 사람이나 입을 틀어막아 질질 끌고 가려는 사람"(91p)들의 습격을 감내해야 했다.

'나'에게 가장 큰 두려움을 남긴 사건 또한 비슷한 방식으로 일어났다. '나'는 하굣길에서 정체 모를 남자의 습격을 받는다. 남자는 '검은 비닐봉지'로 머리를 덮어씌운 채 기이한 방식으로 '나'를 구타했다. 바닥을 기어 다니는 '나'를 뾰족한 것으로 찌르거나 한동안의 침묵 뒤 급작스럽게 머리통을 가격하곤 했다. 앞이 보이지 않는 어둠과 침묵의 공포 속에서 '나'는 까닭 모를 용서를 구하며 한참을 빌고 또 빌어야 했다. 외형의 상처는 비교적 미미했으나 그 사건 이후 '나'는 지독한 두통과 어지럼증을 얻었고, 그날의 기억과 공포에서 벗어나지 못하게 되었다. "꼬리 잘린 개처럼 사나워"진 '나'는 누군가를 물어뜯는 자신의 모습을 상상하며 칼을 품고 다녔으나 아무도 '나'의 고요한 비명을 들어주지 않았다. "내게 주어진 것은 고작 나뿐이었으므로 나는 조금씩 나를 썰었다."(143p) 그렇게 '나'는 자해의 상처를 지닌 어른으로 자라났고 '나'에게 전수미는 언니라기보다는 "수미년"이나 "이 씨발 것"(16p), 혹은 그 난리를 피우면서도 "어디 하나 멍든 곳 없는 말끔한 피부의 씨발년"(94p)이 되었다.

이토록 암울한 성장통을 겪다 보니 유독 발달하게 된 것은 위험을 감지하는 '나'의 묘한 촉이다. 그것은 평생 사냥을 당해온 피식자의 후천적 본능처럼 "위험에 줄곧 노출된 채 살아온 사람에게만 열리는 감각"(10p)에 가깝다. "타인의 목소리에서 감지되는 미세한 악의"와 "교활하게 아주 조금씩만 거칠어지는 행동"(11p)에 한껏 예민해진 '나'

는 더듬이를 앞세운 곤충처럼 자신에게 다가올 재앙을 필사적으로 피해 다닌다. 그런 '나'에게 익숙한 것은 지옥 같은 지금의 현실을 억척스레 버티는 일이다. 악의의 결정체와 같았던 전수미와 함께했던 과거에서 유일하게 배운 것이 있다면 그것은 "손쉽게 나를 짓이기는 사람들의 말과 행동을 적극적으로 묵인"(115p)하며 자꾸 망가지려 하는 "마음을 억누르"며 살아가는 일이다. "나는 전수미에게서만 벗어나면 모든 게 괜찮아질" 것이라 믿으며 하루하루의 일상을 꿋꿋이 버텨나간다.

그러나 세상 속에는 얼마만큼의 전수미가 늘 존재하는가 보다. 취업을 준비하던 '나'는 생각지도 못한 모욕과 수치를 견뎌야 했고, 정작 일을 하는 와중에는 노동자로서 아무런 보호를 받지 못한 채 부속품처럼 손쉽게 교체당하기 일쑤였다. 어깨 인대가 끊어지는 것을 참아가며 3년 동안 애써 모은 돈은 전세 사기로 한순간에 휘발되어버렸다. 악의와 무심의 틈바구니에서 힘들게 자라난 '나'는 여전히 "세상 모든 곳의 뒷면이었다". 아니 "온 세상이 내게 전수미였다"(117p). 그런 존재들을 대표

하는 캐릭터 중 하나가 바로 '구 원장'이다. 구 원장은 반려동물 요양 사업을 위해 돌봄센터를 신설한 책임자이다. 그리고 기관의 케어 서비스 직원으로 '나'를 채용한다. 그가 직원을 채용하는 기준은 '절박함'이다. 그것은 힘들고 고된 일을 견딜 정도의 사정과 끈기가 있는 사람들을 가르는 기준이자, 직장 내 여러 부조리들을 묵인할 수 있는 이들을 뽑기 위한 구 원장의 음흉한 계략이다.

그렇다면 구 원장을 전수미와 같은 '악인'으로 규정하고 마음 편히 비난하면 될 것 같은데 아직 그러한 확답을 내리기에는 다소 미심쩍은 부분들이 없지 않다. 구 원장이 반려동물의 노화와 죽음을 상품의 일종으로 다루고 있다한들 그의 행위가 모두 거짓과 악의로 이루어진 것은 아니다. 개들을 치료하고 그들의 "엉덩이를 토닥거"리는 그의 "손짓"이 "믿기지 않을 만큼 선량한"(161p) 것도 부인하기 힘든 사실이다. 그는 "의사결정권도 선택권도 권리행사능력도 없는"(127p) 동물들에게 '가족'이라는 공허한 이름표를 붙이고는, 늙고 털이 빠지고 비용이 많이 든다는 이유로 이내 그들을 내팽개치는 이들의 행태에 반감을 표한다. 결국 그가 하는 일이란 물질적 여건이 허락하는 안에서 최소한의 '인간적인' 제스처를 취할 수 있도록 그들을 보조하는 일이다. 돌봄의 권리를 지닌 주인들이 암묵적으로 바라는 늙고 병든 반려동물들의 "편안하고 안전한 죽음"(55p). 이러한 구 원장의 행위에 우리가 선뜻 동의할 수는 없을지언정 그것이 온전히 악한 것이라고 단정하기도 쉽지 않을 듯하다.

악의의 극단에 서 있는 '전수미'에게도 이와 같은 선과 악의 모호함은 일부 적용된다. 전수미와 '나' 사이엔 어떤 '비밀'이 숨겨져 있다. 가족들과 함께한 오랜만의 캠핑에서 그는 텐트에 불을 지른 적이 있다. 언뜻 보기에 그것은 전수미가 으레 그래왔던 것처럼 주위의 관심을 차지하기 위해 일으킨 또 하나의 사고인 듯싶지만, 실은 '나'에게 일어났던 일을 은폐하기 위해 그가 고의로 행한 눈속임에 가까웠다. 부모가 잠시 자리를 비운 사이 '나'는 자작나무 숲 사이를 홀로 걷고 있었다. 그때 웬 남자가 이해되지 않는 욕설을 퍼부으며 '나'를 구

석진 곳으로 끌고 가려 했고 '나'는 주머니에 넣어 두었던 칼로 그의 눈을 찌르고 말았다. 이후 경황이 없는 '나'를 구해준 것은 전수미였다. 그는 피투성이인 '나'를 씻기고 "자신이 입고 있던 바람막이 점퍼를 벗어 내게 입히"(151p)기까지 했다. 전수미는 그 남자도 감히 신고는 하지 못할 거라고, 오늘 일은 둘만의 비밀로 하자며 '나'를 조용히 다독였다. 그의 행동이 급작스런 언니의 의무감에서 비롯된 것인지, 혹은 '나'에게 약점과도 같은 모종의 채무감을 남겨두기 위해 행해진 것인지 정확히 알 수는 없다. 그럼에도 이쯤에서 우리는 작은 기대를 갖게 된다. 지금껏 불가해한 이유로 너무나도 선명한 악행을 저질러왔던 전수미에게도 실은 무언가 숨겨진 사연이 있지는 않을까, 어쩌면 그에게도 우리가 알아차리지 못한 선한 인간의 면모가 존재하지 않을까 하는 "희미한 기대감" 같은 것 말이다.

이러한 선악의 모호함과 미스터리의 서스펜스는 서사 후반부에 이르러 보다 증폭된다. '전수미'는 두 노인의 죽음을 방치했거나 그들이 죽음에 이르도록 협조했다는 명목으로 재판을 받는다. 그 혐의의 사실 여부가 명확히 드러나지는 않지만 시신이 놓여 있던 장소를 가만히 지켜보고 있던 CCTV 속 전수미의 모습, 평소 폭행과 기물 파손을 일삼아온 그의 전력, "오래된 것들"을 "도망칠 수 없게 입구를 꽉 묶"은 뒤 "검은 비닐봉지에 담아 내다 버렸"(12p)다고 말했던 통화 내용 등으로 미루어볼 때 적어도 노인들의 죽음에 전수미가 간접적으로 개입을 했던 것은 정황상 맞는 듯 보인다. 그때 '나'를 괴롭히는 것은 전수미의 죄악보다는 "도무지 손쓸 수 없는 고통스러운 비명"(138-139p)을 지르며 죽어가던 반려견 '태풍이'의 모습이다. '나'는 돌봄센터에서 태풍이를 살피는 와중에 그의 배에서 묘한 멍울이 만져지는 것을 확인하지만 잠시 망설이다 이내 보고를 누락한다. 얼마 후 태풍이에겐 림프종이 생겨났고 태풍이는 피를 토하는 극심한 고통 속에서 생을 마감한다. 태풍의 죽음에 책임을 묻는 구 원장의 질문에 '나'는 자신에 대한 혐오감을 숨기며 대답한다. "어쩔 수 없는 일이었어요. 제가 어떻게 짐작이나

할 수 있었겠어요."(139p)

이 순간 '선의의 피해자'와 '악의의 가해자'의 선명한 대립으로 읽히던 서사의 경계는 허물어지고, 이제 우리에게 남은 것은 보다 복잡하고 어려운 질문들이다. 스스로 원했든, 결정권을 지닌 이들이 택했든 돌봄을 받는 존재들이 더 이상 고통받지 않게 생을 중단시켜주는 쪽의 선택이 '인간적인' 것인가, 비록 그 결과가 파국으로 치닫을지라도 결정권자들의 자의적인 선택 대신 생명 그 자체를 존중하여 그들의 삶을 연장하는 쪽이 더 '인간적인' 것인가? 물론 독자인 우리들은 이 질문 앞에서 약간의 변명을 더할 수 있다. '전수미'가 한 선택은 존엄사의 일종이라기보다는 오래된 장화를 내다 버리는 것 같은 일이었고 '구 원장'의 반강제적인 안락사 또한 그저 돈을 벌기 위한 수단에 불과했다고, 반면 '나'의 행동은 병든 태풍이가 안락사될 것이 두려워 그의 시간을 유예하려 했던 것일지도 모른다고, 혹 무책임한 방임에 가까웠을지라도 그것은 '나'가 악의와 폭력 사이에서 뒤틀리며 자란 탓에 바깥으로 무언가를 말하기 힘든

선의의 피해자였기 때문이라고, 얼마든지 '나'를 위한 변호를 수행할 수 있다. 하지만 소설의 문장들과 긴 사연을 제한 채 저들을 대면한다면 우리는 과연 그들 중 누가 더 나은 인간이라고 손쉽게 단언할 수 있을까. 지금 '나'에게 가장 끔찍한 것은 세상 곳곳의 사람들에게서 전수미를 발견했다는 사실이 아니라 "내 목소리에서 감지되는 미세한 악의"(168p)가 그와 너무나도 닮아 있다는 사실, 평생토록 피해왔던 어둠이 실은 내 안에 웅크리고 있었는지도 모른다는 사실이 아닐까. '나'는 스스로에게 그리고 우리에게 되묻는다. "지금 거울을 보면 그 안에 있는 건 나일까 전수미일까."(158p)

몇 년 전 나는 안보윤 소설가의 전작 「밤은 내가 가질게」에 대해 짤막한 코멘트를 남긴 적이 있다. 이 작품은 무책임한 '언니'와 그 뒷수습을 전담하는 '나', 돌봄이 필요한 '아이'와 유기된 '개'의 이야기를 다루고 있다. 앞서 살펴본 '전수미'와 '나', 돌봄의 피사체들이자 점차 존재의 권리를 상실해가는 '노인'과 '개'의 이야기가 담겨 있는 이번 소설과 어느 정도 구조적 유사성이 있어 작가론적인 관점에서 나란히 함께 논의해볼 만한 작품이다. 당시의 나는 진은영과 한나 아렌트의 논의를 인용하며 난민과 노예의 사례를 언급하였다. 선한 주인을 만난 노예는 따스한 보살핌을 받고 악독한 주인을 만난 노예는 매를 맞거나 굶어죽을 수 있는 것처럼, 우연한 은총에 기대어야 하는 존재들에겐 자신의 삶을 결정할 권리가 부재한다고 그들은 말했다. 이 논리를 참조한다면 우리는 악행을 행한 이들에게 분노하고 방치를 당한 여린 존재들에게 인간적인 연민을 느끼기 이전에, 돌봄을 행하는 이들의 우연적인 선악에 의해 그 존재들의 삶이 결정되고 마는 이 세계의 구조적인 조건에 대해 우선적으로 부끄러움을 느껴야 한다는 주장을 남겼다.

『세상 모든 곳의 전수미』를 일독한 뒤 이전의 말들을 되새김질해보니 그때의 주장은 절반은 맞고 절반은 틀렸던 것 같다. 돌봄을 받아야 하는 존재들의 권리가 제도적인 조건에 의해 선행되어야 하는 것은 분명하지만, 악의로 가득 찬 이 세계의 거대한 구조를 바꾸기 위한 첫발자국은 원장의 부조리와 비윤리를 고발했던 '나'와 '소란'의 행동처럼 누군가의 사소한 마음과 용기에서 비로소 시작되는 까닭이다. "법으로 보호가 되고 보상이 되면 그게 무슨 약자겠"(170p)냐고, "그런 게 하나도 안 되니까 약자"인 거라고 말하는 소란의 푸념 섞인 발화는 현실의 가해자와 피해자를 비껴가는 제도적 그물의 한계와 무능을 정확히 지적하고 있는 듯하다. 아마 고발 이후에도 '구 원장'은 이름을 바꾸고 별 탈 없이 다시 동물병원을 차릴 것이다. '나'의 양심적 증언에도 불구하고 '전수미'는 법과 제도의 도움을 받아 지금껏 행한 죄악만큼의 큰 벌을 받지는 않을 것이다. 그렇게 계속되는 싸움에도 쉬이 바뀌지 않는 세계의 모습과 교묘한 악의들은 언젠가 우리들을 지치게 만들지도 모른다.

하지만 '전수미'의 그림자 속에서도 꿋꿋하게 허리를 펴고 자라난 세상 어느 곳의 '전수영'들은 또 다시 악착같이 나타날 것이고 어떻게든 고발을 이어갈 것이다. 물론 그것은 쉽지 않은 일이다. 뒤틀린 세상 속엔 이미 나 자신이 포함되어 있는 탓에 지금 이곳의 고발자는 곧 스스로의 치부까지도 들춰낼 결단을 동반한 "나 자신의 고발자"(168p)가 되어야 하기 때문이다. 하지만 몸을 제대로 거동하지도 못했던 외할머니가 끝까지 손에 쥐고 있었던 마지막 비녀들처럼, "구 원장과 다른 인간이라는 사실"(174p)을 증명하기 위해 '나'에게 핸드폰을 건넸던 소란의 붉은 마음처럼, 지옥 같은 현실 속에서도 최소한 "전수미가 되지 않기 위해 기를 쓰고 살아왔"(166p)던 '나'의 끈덕진 고집처럼 누군가의 오기와 진심은 다른 이의 용기가 되어 바깥으로 조금씩 이어질 것이다. 그러니 이 소설은 선과 악에 대한, 불가해한 악의와 위험한 매혹으로 똘똘 뭉친 '전수미'에 대한 서사가 아니다. "고작 이 정도의 인간"(158p), 한참을 고뇌하고 방황한 뒤에야 가까스로 최소한의 인간을 지켜낸 세상 모든 곳의 '전수영'들에게 헌사된 이야기이다.

개 혼자 집을 본다.

개가 혼자 집을 보는 시간은 점점 길어진다.

내가 돈을 벌어야 하기 때문이다. 내가 돈을 벌어야 개와 둘이 살 수 있기 때문이다. 그러기 위해서 개는 내내 혼자다. 나는 개를 돌본다고 생각하지만 실제로는 아닐 수 있다. 밥을 준다고 해서 돌봄이 성립되는 건 아니다. 심지어 내 개에게 밥을 주는 건 자동 급식기다. 개는 나이 든 개답게 오래 잔다. 그러나 혼자 있을 때는 거의 잠들지 못한다. 나는 그것을 카메라를 통해 본다. 아주 멀리서 아주 약간의 돈을 벌기 위해 끊임없이 이동하며 개를 지켜본다. 잠들지 못하는 개를 보며 불안해하지만 거기까지다. 정전이 되는 것만으로, 급식기에 사료를 채워 넣는 것을 깜빡했다거나 밥그릇을 삐뚤게 꽂아두었다는 이유만으로 개는 굶을 수 있다. 비슷한 이유로 깨끗한 물을 마시지 못할 수 있다. 나는 부지런해지기 위해 애쓴다. 빈틈없고 정성스러운 사람이 되려 애쓴다. 그러나 모든 것이 늘 그렇듯, 쉽지 않다.

설문조사를 한다.

1인가구 생활실태 전수조사라는 이름이다.

현재 살고 있는 집은 자가인가요, 전세인가요, 월세인가요? 몸이 아플 때 도움을 청할 가족이나 친구가 주변에 있으신가요? 질문지를 읽는 사람은 내가 답을 할 때마다 추임새를 넣는다. 네, 그러시군요. 네, 있으시군요. 전화를 끊고 나서 나는 그 사람을 흉내 낸다. 네, 없으시군요. 네에, 또 없으시네요. 아이쿠, 그러시군요. 누군가는 그런 추임새를 들었겠지. 답을 할 때마다 자신에게 없는 것들을 하나하나 깨달아갔겠지. 내게는 한 명의 친구와 한 마리의 개가 있다. 친구는 너무 멀리 살고 내 개는 119에 전화하지 못한다. 그건 노력으로 어찌 되는 일이 아닌데. 네, 그러시군요. 안타깝네요.

나는 빨리 타서 아주 적은 양의 재가 되고 싶다. 무덤이나 납골당에 무기한 수납되고 싶지 않다. 3년쯤 지나면 추모 팻말을 뽑아버리는 수목장은 없을까. 죽음 이후 아무것도 갱신할 필요가 없는 곳. 그런 곳을 찾아달라고 하면 나의 언니는 서운해하고 많이 울고 내게 너무한다고 욕을 하다 끝내는 찾아줄 것이다. 도움을 청할 가족이나 친구가 주변에 있으신가요? 네, 있어요. 틀림없이 있어요.

그러시군요.
그것 참 다행이네요.

2024년 가을
안보윤

세상 모든 곳의 전수미

지은이 안보윤
펴낸이 김영정

초판 1쇄 펴낸날 2024년 10월 25일

펴낸곳 (주)현대문학
등록번호 제1-452호
주소 06532 서울시 서초구 신반포로 321(잠원동, 미래엔)
전화 02-2017-0280
팩스 02-516-5433
홈페이지 www.hdmh.co.kr

ISBN 979-11-6790-274-0 04810
      978-89-7275-889-1 (세트)

* 책값은 뒤표지에 있습니다.